亞平——主編

九歌一〇六年 2017

童話選

之

星際忽嚕嚕湯

九歌年度童話選

106

小主編推薦童話獎

得主

許姿閔

作品

便利之門

九歌106年度小主編推薦童話獎　得獎感言

◎許姿閔

感謝小主編們的賞識，能夠引起小朋友們的共鳴，是寫童話最開心的事。

今年是我在低年級任教的第四年，常常在我批閱作業的同時，孩子們總是圍繞在我的辦公桌旁，你一言，我一語的，他們言談中的童言童語好不可愛！或許也是這樣的因素，讓我與他們更貼近，也更能了解他們在生活中的感受，即使大人們可能覺得微不足道，但在他們心靈種下的正是一株待呵護的花朵。再次感謝小主編們與九歌出版社。

106年 童話選 目錄

卷一 星際忽嚕嚕湯

卷二 不老湯

卷一

星際忽嚕嚕湯

在湯池裡丟星球、轉天使、玩任意門，
穿梭時空，任意暢快。

鑽石星　／山　鷹

◎ 插畫／李月玲

作者簡介

科幻、科普及兒童文學作者。

曾任職中華電信國際分公司衛星通信中心十九年，專長是衛星通信。

腦袋瓜裡裝的，都是科學（幻）童話故事，尤其喜愛天文遐想，常夢遊於宇宙洪荒。

童話觀

發覺、發現，存在自己心底的翡翠或鑽石。

鑽石星上，現在住的都是女生。男生，一個不見。

也就是說，鑽石星是個女兒國。

雖然是個女兒國，但是沒有生育不生育的問題。

女兒國有最先進的生育方法，利用前端DNA基因科技，她們已能代代複製和繁衍下一代，並且經由不同的環境認知和知識養成，培育出具有不同內涵和主見的下一代，完全不用擔心，下一代會和上一代有相似或雷同的問題。

在女兒國裡，既沒有戰爭，也沒有鬥毆，一切以大家長的意見為主。

人類第一次發現，宇宙中有一個星球，組成成分百分之九十是鑽石時，轟動了整個地球。

當人類又發現，以超時空穿越科技飛到這個星球，以地球時間計，只需一個月時，更是引起多方人馬覬覦，不僅國和國做著發財夢，連普通百姓都做著發財夢。

想想看，兩個月就可以來回地球和鑽石星，只要短短的兩個月，立馬可以變成億萬富翁，誰不想啊？

有辦法的人立刻招兵買馬飛往鑽石星，人潮絡繹於途，絡繹不絕。

問題是，雖然前往鑽石星的人馬不絕於途，卻從來沒有人真的把鑽石運回地球。沒運回鑽石也就罷了，前往採礦的人馬，一個都沒回來過，全部失蹤了，消失在無垠的宇宙中。

連體積龐大的飛行船，也完全不見蹤影。若說是爆炸了，至少也該有個殘骸啊？可是，一點蛛絲馬跡都找不到。

開始時大家以為路途中發生了什麼問題，但是從分分秒秒毫不間斷的聯繫和通信中，其實絕大部分的飛行船都安全抵達鑽石星，除了少數例外。

根據事後的調查，鑽石星上也沒有住著可怕的怪獸或異種，是一個安安靜靜的星球。

事情就是這麼奇怪，人員都到達了，礦也採了，卻沒有人成功將鑽石運回地球過。

這一次飛行船有兩位女性科學家參與，飛行任務非常成功。

飛行船不僅平安到達鑽石星，也採到了鑽石。

當全體人員正準備飛回地球時，兩位女科學家突然被彈出飛行船，接著轟然一聲巨響，飛行船爆炸了，殘骸四處飛散，船上的男性機員全數罹難。

——原載二〇一七年一月十七日《國語日報・故事》

鑽石星 ／黃　海

◎ 插畫／李月玲

作者簡介

台灣師範大學歷史系畢業。聯合報編輯退休；退休後兼任靜宜大學、世新大學「台灣文學」「科幻文學」講師，東吳大學「科幻與現代文明」講座；倪匡科幻獎、U19 科幻小小說獎、教育部文藝創作獎等決審委員。從事文學創作數十年，作品涵蓋成人文學與兒童文學領域、科幻文學與傳統文學的文類。他是台灣唯一以科幻作品獲得國家文藝獎（舊制）、中山文藝獎的作家。

童話觀

童話，具備幻想性和趣味性是少不了的；如能表現深刻意涵，對生命和文明有所反思，童話是可以歷久彌新、老少咸宜的，如〈灰姑娘〉；童話也可以成為永恆的寓言，如〈國王的新衣〉。童話與小說可以相互融合，成為小說童話，或童話小說；與科幻、奇幻、寓言的結合…也是順理成章的。

女科學家毛麗麗、平凡凡都是矯健聰明人，當意外發生時，她倆原來準備稍後出艙作業，兩人各自穿著太空裝，壓力衣、頭盔、手套和靴子齊備，還有胸前的生態包、背後的緊急彈射膨脹防護罩，一應俱全。

龐大如都市的飛行船，滿載著沉重的鑽石礦，如果回到家，其價值抵得上購買地球、月球的所有財富。

當大家興高采烈完成鑽石採集作業時，也同時滿載了人心億兆噸的欲望。

飛行船爆炸之前，毛麗麗看到太空船本身飛躥出有如千億顆太陽一般令人目盲的亮光，下一瞬間，周圍一切和星星全被恐怖的暗黑吞沒，有如宇宙突然關燈，比死神降臨還可怕。

「我的媽呀！這才叫做地獄！」毛麗麗心裡大吼，一顆心臟都要嘔出來了。

毛麗麗身體被彈射出去的一剎那，她背上的奈米級先進太空防護罩，立刻膨脹包覆住身體，成了完美的球狀物在太空漂流，有如一個宇宙胎兒。

這景象正如地球二十世紀——遠古時代的一部電影《二〇〇一太空漫遊》結局的畫面，只不過這時的太空人面對的，是鑽石星和周圍的眾多衛星。

經歷了爆炸的衝擊，突來的天旋地轉，毛麗麗已失去了意識，保護罩的冬眠系統自動啟動，她在太空中漂流，成了環繞鑽石星的衛星之一。

保護罩內的電腦自動發出訊息：

偵測報告：十九艘從地球來到鑽石星採礦的飛行船，完成作業返航時，都解體成了碎片，成了鑽石星的無數人工衛星，原因神祕不明。

毛麗麗猶如置身地獄當

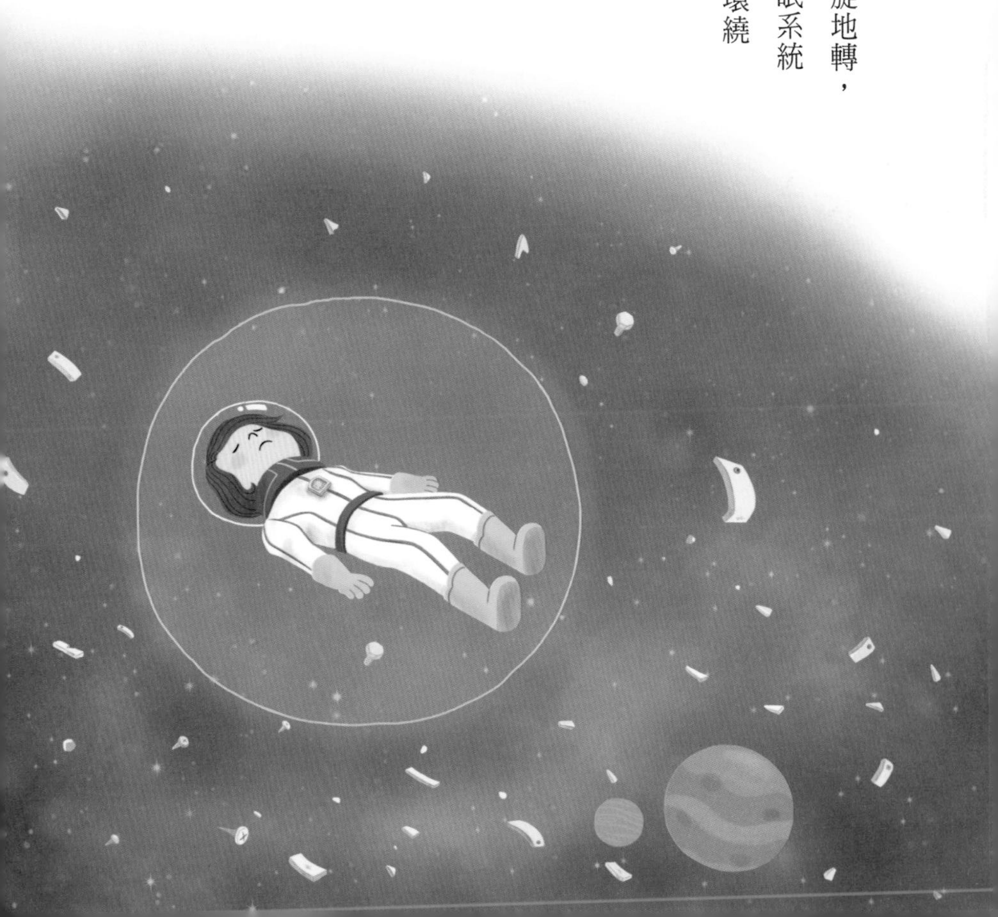

中，小時候母親哄她不可撒謊，搬出「下地獄」來嚇唬她；這回她參加鑽石星採礦也就耿耿於懷，擔心一去不返；毛麗麗告訴母親，她只是到月球嫦娥城去一趟，很快回來。

恍恍惚惚中，巨大的叮咚聲驚醒了她，接著傳來伙伴平凡凡熟悉的呼叫聲：

「毛麗麗！你還好嗎？……醒來吧！」

她逐漸回過魂來，耳際聽到此起彼落、大大小小、鬧烘烘有如千萬人開運動會的熱烈嘈雜聲，可奇怪的都是女人或女娃娃的聲音。

毛麗麗張開眼睛，發覺站在身邊的二十個女人，竟然都是平凡凡。

她迷惘的四處張望，發現自己躺在一張白色床上，置身大足球場中央，四周人山人海，幾萬隻眼睛射向她。

二十個平凡凡團團圍在她旁邊，胸前掛著號碼牌，從一號到二十號，第一號年紀老些，其他越來越年輕。

「地獄變成天堂啦！」毛麗麗嚷著，她真的糊塗了。

「不錯，這裡是天堂！沒有戰爭、鬥毆、煩惱……因為人人都沒有欲望。」平凡凡一號微笑著，雖然顯得蒼老，但語調溫柔：「你在太空漂流了一百八十年才被發現救回，我比較幸運，彈射到適當角度降落地面，建立了女兒國……」

「啊？……」

「歡迎定居鑽石星。奇怪嗎？你眼前看到的人都是我的DNA複製品，都是女人……」

「請問……當初來到這兒採礦的人和飛行船……」毛麗麗提出一個令她困惑的問題：「為何都神祕失蹤了……？」

一個機器人走過來，按一下胸前的面板，整個鑽石星圖浮空投影，廣場四面八方傳來宏偉震撼的萬眾大合唱：

鑽石星　光照銀河
驚動財富追求者
絡繹不絕啟航

欲望的黑洞
開啟人心宇宙連動
欲望的重量
奈何飛行船載不動
大如都市
也如微塵消逝

幸福的重量
輕盈永生永世

——原載二〇一七年一月十八日《國語日報・故事》

鑽石星

／林　茵

◎ 插畫／李月玲

作者簡介

本名林淑珍，台灣台中人，擔任國小教職，創作逾三十年，文類不限。目前定居桃園，為桃園市宋屋國民小學校長。

台東大學兒童文學研究所畢業，天津師範大學比較文學博士班肄業。台灣已出版童話《小島阿依達》、童話《飛天鴨子與黑貓女巫》等，大陸已出版兒少科幻《旭星燦爛》等書。

童話觀

童話是作者用天馬行空的幻想之筆，引導讀者藉由通關密語般的文字，走入新奇鮮明的另類世界。它不是簡單的童言童語，也不是荒誕不經的胡說八道。科幻童話更需加入以科學為基礎的幻想，合情入理、虛虛實實、似假還真。

明亮的鑽石星圖，周圍有溫暖的光圈環繞著，往外擴大，毛麗麗感受到一波波光暈，在她眼前一圈圈擴大，像漣漪包圍著她。

她感到平靜，不知不覺從廣場中央的白色床翻身而下，站了起來，困惑漸漸消逝。

幸福的重量

輕盈永生永世……

當大合唱最後拉長的尾音消逝在時空中，眼前的鑽石星圖也一點一滴消失，最後只剩下漆黑夜空中的一些星點，像古老電視映像管最後斑斑隱去的光點。

萬籟俱靜……那尾音似乎成了幻覺，若不是眼前人影幢幢，還真無法相信。

這時她辨識出浮空投影的星圖背後的山坡，那是當初採礦時，從飛行船走下的地點。那時只有平凡凡，並沒有現在這麼多的複製分身。她來不及思考眼前這些分身的異同，甚至連關注一眼的時間都沒有，站在廣場正中央的她，被眼前的山坡所吸引。

山坡右半面露出嶙峋的裸露質地，雖然一樣熠熠閃著光芒，卻已陡峭異常，那半面……頗像一把斜斜插入天際的刀鋒。

想必這一百八十年來，除了原先的十九艘飛行船，還有受不了貪婪欲望的人類組隊前來，致使整顆鑽石星上，質地最精純的這片坡地成了尖銳的半壁崖峰。另外半壁，正是飛行船降落前讓她們著陸的地方。因為這兒是探測器測得硬度最高、質地最精純、最為昂貴之礦藏處。

那十九艘……現在，她慢慢憶起，當她環繞著鑽石星運轉的一百八十年裡，除了一開始接收到的，防護罩內電腦發出的偵測報告之外，還有在漫長的睡眠時間裡，電腦持續放送的、不斷更新的分析和數據，包括漸漸浮現的解體原因。

原來已經過了一百八十年。

十九……二十……二十一……二十二……二十三……

果然，她抬頭看了看頂上的天空，大大小小的星點更多了。

她已經知悉那些星點有一部分是解體後的太空船碎片，它們在空中漂流，極少數留在軌道上，大多數解體後漂離了軌道，成為永遠回不來的太空垃圾、宇宙孤兒，甚至被吸入黑洞，最後不知所終。

它們大多不是衛星，也不是星星。

又多了四艘……

留在空中環繞運轉的物體，絕大多數是漂流在空中的鑽石星礦。因為一股特殊的引力，它們並沒有離母星太遠；當年安放在飛行船艙內的小礦石和安放艙底的大礦石，正是因為這股特殊的引力拉扯，致使旋轉升空的太空船因承受不了而爆炸。

堅硬的鑽石互相碰撞，並和艙底強烈擦撞，瞬間從太空船中心飛躥出億兆的能量和光芒，那亮度，比打火石打磨金屬的亮度多出不知幾億倍，也就是在那最熾熱的同時，宇宙黑洞被撞開了。

當時，平凡凡被撞彈開，落在地上，而她則是順著氣流被吸進黑洞，瞬間體驗了宇宙燈滅的可怖，又立刻身不由己的隨著鑽石星礦的引力，被一同吸了回來，順著氣流飄浮在太空中。若不是她和平凡凡身上有最先進的太空防護罩，後果不堪設想。

然而，其他男性飛行員可沒她們幸運哪！

當然這些都是防護罩內的電腦事後慢慢解讀得出的分析，在漫長的漂流歲月中，那些不知不覺的時刻，她周圍環繞著一條一條的資訊：

不規則大礦石在前方，加入漂流……

亮度：約二等星……

她慢慢憶起了這一百八十年間得到的資訊。

填不飽的欲望有如大黑洞，當人人在盤算著回到地球可以發上好大一筆享用不盡的財富時，他們身上也暗暗藏放了一些小碎鑽，有些人甚至藏在身體的隱密部位，而這都是違反規定的，就算是小碎鑽，也不得據為己有。當時，沒有人留神艙底的異樣，大家都在盤算著，回到地球之後的大筆橫財如何運用。

只有毛麗麗和平凡凡口袋裡空空如也。

美麗的鑽石星，讓她們讚嘆宇宙的奧妙，升空時，她們倆注視著觀測儀，正為環繞鑽石星大大小小、閃閃爍爍的眾多星點而讚嘆不已，毛麗麗甚至為此生可以見證這樣美麗的星圖而流下眼淚。

她們不曾受到那股引力的拉扯，加上立刻彈開的防護罩保護了她們，免於其他碎塊的衝撞。多數的殘骸，在宇宙黑洞被撞開的同時，一起被吸了進去……

欲望的重量
奈何飛行船載不動
大如都市
也如微塵消逝

想必平凡凡已知悉這一切。

現在，她站在廣場中央，面對著成千上萬個注視著她的女人，一時之間百感交集。

——原載二〇一七年一月十九～二十日《國語日報・故事》

鑽石星 ／邱　傑

◎ 插畫／李月玲

作者簡介

台灣桃園人，聯合報服務二十五年，提前退休後出任桃園文化基金會執行長、文化部文化資產局顧問、桃園市兒童文學協會創會理事長等職。

出版作品九十六種，海內外各類型藝術作品個展四十五次，文學藝術作品獲金鼎獎、金輪獎、東方少年小說獎首獎、洪建全兒童文學獎首獎等各種獎項數十種。

童話觀

童話作家唯一的任務便是取悅兒童。

極遠極遠的星空，有一顆澄藍色的星星。睽違一百八十載，卻依然記憶鮮活，那是毛麗麗魂牽夢縈，永遠也忘不了的家——地球。

地球可好？家鄉如今變成什麼樣子了？家裡的親人又如何了？她不敢想像，也無法想像這一百八十年人類世界的改變。

但她思念的心卻沒改變，尤其，被喚醒面對二十個平凡凡、成千上萬個平凡凡的衝擊，更使她分外思念起昔日地球生活的種種。

眼前的事實卻是殘酷的，冰冷的，冷得不帶一絲溫情或溫暖。因為她的唯一倖存的伙伴平凡凡，接著拋給她的，竟是這樣的一句話：

「今晚讓我們好好慶祝再度重逢以及你的死裡逃生，明天，讓我們迎接你的重生。

「做為鑽石星唯一領導者的我，決定慷慨和你分享、共治這個星球。

「明天早上讓我為你進行分身作業，未來你也可以和我一樣在這個星球上擁有數以萬計的分身，你將成為毛麗麗一號，和我帶領著我們的子民，共同治理這個美麗的星球。」

平凡凡帶著笑容說，看起來誠懇而認真，但是毛麗麗卻聽得渾身冰冷。

她想念地球，她完全不想留在這個星球上。對她而言，無論當的是一個至高無上的統治者，或是一個絕對權利的分享者，或是坐擁鑽石山的宇宙級超級大財主，都沒有讓她重新踩上地球土地那麼的渴盼。

平凡凡卻沒有察覺到她此刻的心境，繼續說下去：

「明天早上八點鐘將是你獲得新生的一刻！巧合的是，那時會有一艘太空船飛來，載著一大群蠢得像豬，貪得像豬，一心只想著發財的地球人前來。

「就讓我們一起目睹他們為了發財而粉身碎骨的一幕吧，那絕對比你看過的任何一場煙火秀精彩萬倍……」

「喔！是喔……，真是謝謝你這個好伙伴，好姊妹！」

毛麗麗努力回應平凡凡的好意，其實心中有了盤算。

八點鐘，八點鐘會有一艘來自地球的太空船，八點鐘離此刻還有九小時，在這九小時之內，她要瞞著平凡凡以及鑽石星上所有的人，完成許多事，這是她唯一重返地球的機會。

她私下試了一下戴在腕上的通訊器，雖然顯示依然正常可用，卻不知這一百八十年來人類科技進步了多少？和這個早已變成老骨董級的器材還能不能聯絡？

這一夜的星空如此湛藍明麗，估計至少有一千顆的衛星環繞在頭頂上，一千個月亮，這是地球生活無法想像的奇景。

而毛麗麗卻對如此瑰麗美景沒有一絲感動。

或許這一千個月亮中，有近半數是在她之前為了鑽石之夢迢迢而來的前人，連同他們的載具粉碎形成的；或許，最大最亮的那一個月亮，正是她和平凡凡的太空船的一部分，那上頭還有她們的伙伴，以及世人心目中價值連城的鑽石礦。

平凡凡在慶祝晚宴之後，貼心的讓她提前休息，她卻了無倦意。除了必須再等候至少四個小時，才能讓她的通訊器有效連結上從地球高速前來的最新太空船。另外，在這個內心萬般悸動的時刻，哪可能有一絲睡意？更何況在不久之前她才沉沉睡了一百八十年，也真是睡夠了。

如果通訊器可以成功完成與太空船的通訊連結，她必須如何才能說服太空船上的乘員及指揮者，請他們放棄鑽石夢，以免慘遭前人的覆轍？他們會相信她的話而放棄開採鑽礦的計畫嗎？

還有，她雖然已經初步認識，平凡凡和她所統治的女人國的生活樣貌和基本科技水平，卻完全不明瞭她們的攻擊、攔截能力。萬一她們具有能夠摧毀這艘太空船的能力，那一切就玩完了，結局和滿載鑽石礦引發爆炸一模一樣。

但是，毛麗麗手無寸鐵，也無任何奧援，如今只能孤注一擲了。

等待的時刻度秒如年。

鑽石星，除了星空熱鬧，竟是如此靜寂。夜已深，正是大家熟睡之時，毛麗麗

躲到鑽礦間的一個隙谷，老天保佑，神不知鬼不覺的，竟然和太空船完成通訊連結，連上線啦！

接下來，她面對的倒不是溝通、說服的問題，而是面對了一個完全意外的，想都沒有想到的事。

「我們不為採掘鑽石而來！」太空船上的指揮官告訴她：「所謂鑽石等同財富，那是一個世紀之前的古老故事，如今我們把它當笑話般看待。鑽石只是碳元素構成之物，火一燒連灰燼都不留一絲絲，真搞不懂古早時代為何教人迷戀至此。」

「那麼，請問你們又是因何而來？」毛麗麗被指揮官的話嚇了一大跳。

「如果你是毛麗麗本人，容我告訴你，我們此行便是為你而來！」

「啊？這話怎麼說呢？」

「我們是來自地球台灣的22069號太空巡航艦。我們在星際巡航軌道中截獲了你的訊息，也解讀到了你目前的心理狀態，和急須救援的急迫問題，因而直接朝你而來，目的當然是依你所願，帶你重返地球。」

毛麗麗聽完驚嚇而驚喜，這是多麼不可思議之事呀！

沒想到一百八十年的時空乖隔，如今地球科技竟已先進至此，她真是百分百的老古董了！她竟然有一個衝動，想趕快跑到鑽石礦最平坦也最明亮的地方，照映一下自己的容顏，是不是早已從如花似玉，變成老皺蒼蒼的骨董之顏了。

在滿懷興奮登臨太空船的時候，毛麗麗還是忍不住向指揮官提出一個請求：「如果平凡凡也有重返地球的心願，可否也能夠協助她一同登艦回家？」

指揮官只淡然一笑：

「毛麗麗小姐，雖然你依然如此明豔照人，卻已是一百八十外加二十的兩百歲之人啦；而雖然你身具兩百之齡，卻還是純潔有如赤子。

「你曉得嗎？你那位伙伴平凡凡，所謂和你共治共享鑽石星女人國的說法，根本是個謊言。

「明天天亮之後，她將取得你的肉身及大腦，用以達成她迄今無法完成的肉身自體回春蛻變科技。

「她已經完全對地球死了心，所以，回不去了，你也不用為她擔憂了。」

——原載二〇一七年一月二十三日《國語日報・故事》

編委的話

●徐弘軒

〈鑽石星〉是一篇四人接力的童話故事，卻絲毫看不出來是四個人分別完成的，故事非常流暢有系統。我覺得故事結尾並不是大家喜歡的歡樂大結局，但是卻給人省思，不要因為貪心而失去理性。

●陳品禎

這篇文章的作者有四位，用接力的方式輪流寫故事。我覺得寫開頭的地方是最難的，只要你寫的開頭有人接不下去或有人不喜歡你寫的情節都很難寫下去，要一次滿足三個人是一件不容易的事！文章中有說到富豪都是為了鑽石而到宇宙去，卻沒回來過，他們為了錢連命都可以不要了！

●蔡銘恩

本故事描繪的鑽石星裡頭的世界，我覺得和陶淵明筆下的桃花源記有異曲同工之妙，但這個結局卻讓人感到出乎意料，顯明了人類的私心深不可測。

蟲洞之旅／楊隆吉

◎ 插畫／李月玲

作者簡介

台東大學兒童文學研究所碩士。網路「達拉米電子報」主編。作品曾獲九十四年年度童話獎（九歌）、蘭陽文學獎等。著有《拳王八卦》、《愛的穀粒》、《四不像和一不懂》、《山豬小隻》、《超級完美的願望》、《鷗吉山故事雲》；個人部落格 http://piccc.pixnet.net

童話觀

童話是我連續十幾年來在毛毛蟲《兒童哲學》雜誌的想像記錄，歡迎大小朋友光臨、有空常來。童話裡冬暖夏涼、四季如春、春暖花開，看完之後，保證完完全全沒有寫回家作業的壓力，真的！

一年一度的園遊會來臨之前，全班開會討論班上的攤位要擺設什麼……

有的小朋友提議賣汽水，有的提議用造型氣球，有的說要賣茶葉蛋，有的說想玩丟沙包……，經過一番熱烈的討論，大家最後投票決定攤位的主題為「蟲洞之旅」，因為大家覺得蟲洞聽起來新奇有趣，應該會非常受歡迎。

所謂蟲洞之旅，就是由三十三號提供竹節蟲，在葉片上咬出一個小洞，接著，透過那個洞，看見不一樣的東西。

「這是真的嗎？」八號問。

「真的。」三十三號說。

「那麼，想參加的人要提供什麼葉子？」十九號問。

「最好是芭樂葉，其次是樟樹葉……」三十三號說。

「芭樂可以嗎？」十五號問。

「不可以。」

「如果帶芭樂來給竹節蟲咬，會怎樣？」十五號又問。

「不知道，最好不要這樣。」三十三號解釋，並請大家幫忙寫說明看板。

「只是咬一個洞，不是吃，那麼，使用色紙剪出一個葉子的形狀給竹節蟲咬，這樣可以嗎？」三號問。

三十三號說：「這個我也不知道。」

後來，老師帶領全班一起製作說明看板，最後，再加一行提醒：「最好不要使用色紙！」

園遊會那天，三十三號帶來了一個塑膠盒，裡面裝了一隻竹節蟲。全班也依照規定，大部分的人都帶了芭樂葉或樟樹葉。園遊會一開始，由自己班的同學優先參加的蟲洞之旅，馬上就獲得很好的迴響。拿到蟲洞的小朋友，透過蟲洞，都各自看到不同的新奇景象，例如：有的小朋友看到在游泳的獨角仙，有的看到正在挖洞的鳳蝶……

很快的，因為此起彼落的喊叫聲，蟲洞之旅這一攤立刻吸引了很多小朋友的注意，沒多久就排了一排長長的隊伍。

後來，終於輪到別班的一位小朋友——阿琪，她帶了一張色紙剪成的葉子，來給竹節蟲咬。咬完之後，阿琪迫不及待的往蟲洞看……

「校長？……」阿琪驚奇的大叫，然後，邊笑邊叫：「校長怎麼變成章魚了，哈

哈哈哈……」阿琪在蟲洞裡看見一隻有校長的頭的章魚，在天空飛來發去，覺得校長的樣子很滑稽。

「真的嗎？」在附近排隊的小朋友，紛紛詢問阿琪。

「真的！校長在飛，哈哈哈哈……」阿琪說。

「借我看一下。」在旁邊排隊阿琪的同學問。

「哇！真的，哈哈哈……」阿琪將色紙葉借給同學後，同學也驚喜的叫了起來。

「不可能，校長還在那裡。」冷靜的二十三號指著升旗台那邊，校長正在台上和家長委員聊天。

「真的！不信，我抓出來給你們看。」阿琪回想起有一次畫圖比賽得了全國第三名，和校長共進午餐，在和校長聊天的過程中，校長說他喜歡吃麵線，於是，靈機一動的阿琪拿回色紙葉子，到隔壁在賣麵線的攤位，要了一條麵線，小心翼翼將麵線對準蟲洞，垂了進去……

一會兒的工夫，阿琪發現麵線開始扯動，小小使勁將麵線往上拉，竟然將蟲洞裡

的那隻校長章魚給「釣」了出來……

「哇！」「好可愛！」「真的是校長耶！」「校長好……」大家看到被阿琪釣出的那隻校長章魚，七嘴八舌的叫鬧著。

細心的阿琪發現，校長章魚好像聽到「校長好」的時候，身體會稍微變大一些，於是，她趁著大家議論紛紛的時候，對著校長章魚又再說了一聲「校長好」，沒想到，校長章魚果然又再變大了一些。

周圍的同學有幾個也發現了這個密語，覺得很好玩，陸陸續續也加入「向校長問好」的行列：「校長好！」「校長好！」「校長好！」……

沒多久，就在大家的合作問好之下，校長章魚已經變得和操場一樣大，和五樓一樣高，雖然沒有說話，但是眼睛咕嚕咕嚕的轉，靜靜的看著大家，特別是對著升旗台上的校長，又多看了幾眼。結果，校長看到一個和自己的頭一模一樣的章魚正在看他，而且頭有三樓那麼大，當場「啊」的一聲，就暈過去了……

「校長不好了！」在校長旁邊的幾位家長委員，眼明手快，馬上扶住校長，將校長抬到附近的健康中心休息。

還好，不到三分鐘，校長就在健康中心清醒了過來。不過，機警的校長沒有馬上離開健康中心，只是走到窗戶旁邊，小心的瞄著窗外。

窗外那隻眼睛咕嚕咕嚕轉的校長章魚，在大家的問好聲中，持續變大，大到操場上所有的人都目不轉睛的看著牠，園遊會彷彿因為校長章魚而暫停了下來，後來，「校長好」的聲音越來越少，大家全都安安靜靜的抬頭看著校長章魚。

「這樣不好。」阿琪首先打破沉默。

「這麼大隻的校長，要怎麼辦才好？」三十三號問阿琪。

「不對，那只是章魚，不是校長。」阿琪回答。

「一樣，反正牠在這裡，太大了，要想個辦法，不然，連飛機飛過我們學校上空，都還要繞過去，會浪費油錢。」三十三號擔心的說。

「那就不要再校長好了……」阿琪仔細的回憶一開始校長章魚變大的原因，忽然想到老師上數學課時好像有講過的「負負得正」，心想：「不要校長好？如果，這個有效的話……，那麼，校長好好，應該可以試試……」

「校長好好！」阿琪打定主意，朝著天空中的校長章魚大喊。

果然，阿琪這一句，立刻就讓校長章魚立刻縮小了一點點。
「太棒了！我找到解決方法了。」阿琪高興邀大家：「讓校長章魚變小的方法，就是喊『校長好好』，我們來一起喊吧！」
為了幫助校長章魚恢復原狀，大夥兒深深吸一口氣，放聲喊「校長好好！」「校長好好！」「校長好好！」……
不到兩分鐘的光景，校長章魚再度縮小為一個蟲洞那麼小，並且，從蟲洞溜進去。操場上的所有小朋友先是靜止了一下下，然後，開始歡呼，好像贏得一場勝利。
這樣的一幕，待在健康中心窗戶邊的校長，看得一清二楚，最後才在大家熱鬧的呼聲中，放心的走出健康中心。
那次的園遊會，因為三十三號帶來的竹節蟲，大部分的人都體驗了蟲洞之旅，並且，都好好保存著那片有蟲洞的葉子，無聊時，就會將葉子拿起來，看看蟲洞裡的世界，放鬆一下心情。只是，大家心裡都有警惕，不會像阿琪那樣，隨意把蟲洞裡的東西「釣」出來，以免引來一些麻煩。
另一方面，大家也很感謝阿琪，成功的把校長章魚送回蟲洞。

有一次下課，三十三號突然問阿琪：「為什麼那天會突然想到要改口說『校長好好』？」

正當阿琪要解釋時，她隨身攜帶的那片色紙葉子，突然搶先一步，回答：「很簡單，因為『負負得正』啊！」

三十三號仔細聽那聲音，應該是從蟲洞裡冒出來的，而且那聲音聽起來，八成像是校長在說話……

——原載二〇一七年六月《兒童哲學》

編委的話

● **徐弘軒**

我覺得作者很有想像力，把一個看似普通的小蟲洞，想像成裡面有一個不一樣的世界。章魚校長變大變小那一段我覺得很好笑，最後用了數學「負負得正」的道理，我覺得還滿合理的。

● **陳品禎**

被「蟲」咬出來的一個「洞」，才是正宗的「蟲洞」！只憑竹節蟲咬出來洞的形狀就可以聯想到校長，想像力真豐富！而在蟲洞中的校長能被麵線釣出來，還能變大，真神奇！劇情的發展常讓讀者驚奇連連，最後在蟲洞中的校長所說的話總結了整篇文章，讓人再次感到驚喜。

● **蔡銘恩**

這篇童話以竹節蟲咬葉子的一個洞，聯想到整個故事。我覺得作者寫學生的方式很特別，他使用座號來稱呼學生，學生們對校長的印象本應是尊敬的，但在這裡的學生，還很大膽的開校長玩笑，擺脫了對校長的刻版印象。

便利之門 ／許姿閔

◎ 插畫／劉彤渲

作者簡介

分別在台灣四座城市出生、長大、求學、成家，目前定居宜蘭。體驗了台灣東西南北四地的人文與地理風貌，結合了各地獨特的口音，於是，說著一口奇怪語調的台灣話，伴隨著這樣的腔調，竟也不違和的融入當地的故事裡。

童話觀

現代的孩子喜愛的產物及生活的習慣，已與過去的我們大相逕庭，即便是現代的我們可能都很難理解與融入。而當我試著以經典童話與當代孩子們的生活情景相對應時，行文間，忍不住想提出，不論是過去或現在，孩子們最喜愛與永恆不變的仍舊是父母的陪伴，一種「心」的感受。

很久以前，在一座廣大的森林旁，住著樵夫夫婦，以及兩個小孩。男孩名叫韓森，女孩叫做葛蕾特。樵夫本來就窮得經常三餐難繼。有一次，國內發生大饑荒，樵夫家甚至連麵包都得不到了。妻子告訴樵夫：這樣吧！明天，我們帶著兩個孩子到森林裡去，然後，把他們留在那裡吧！

——《糖果屋》

1

「叮咚！」自動門很有效率的進行開闔。

「早安！歡迎光臨！」櫃台前的服務人員，一面結帳，一面精神抖擻的招呼剛進店裡的客人。咖啡機台前的作業員手指飛快的操作各種按鍵，於是，大小不一、口味不同的咖啡，一杯杯順利的產出，交給正在與時間競賽的客人們。

小力和春美的一天通常是從這裡開始的。正所謂「一日之計在於晨」，小力的媽媽也是個與時間拔河的職業婦女，她把兩個孩子以及梳頭髮的用具都帶到便利商店的桌子來。現在的她，嘴巴咬著一條橡皮筋，兩手忙著幫妹妹春美梳頭，眼睛一邊不斷盯著手機螢幕，關心著社群網站的大小事，春美則低頭看著她從不離手的童話故事《糖果屋》。而小力呢？這時，他嘴裡咀嚼著麵包，手上端著一盒三十九元組合早餐配送的鮮奶，旁邊擺著聯絡簿、作業本，正耐心的等候媽媽簽名呢！

隨著時間的腳步來到七點四十分，母子三人便會起身離開便利商店。走過大樓轉角，就是學校的導護崗，看著小力牽著春美進入校園後，媽媽的任務就結束了。一轉身，媽媽便急急忙忙的返回家中打理自己，在八點半之前，她還有機會再去超商買杯咖啡，然後才進公司。

小力的媽媽常說，便利商店是最方便也最安全的地方了，小力也十分認同，但春美卻不這樣認為，她總覺得自己會和《糖果屋》的妹妹葛蕾特一樣，被遺棄在森林裡，只是，她被丟掉的地方不是野獸四伏的黑暗林地，而是人來人往的便利商店，而她能依靠的對象就是哥哥韓森，喔不，是小力。

2

當一輪明月升起來的時候，韓森就牽著妹妹的手，循著小石頭走。小石頭像是新鑄的錢幣，閃閃發光，為他們指引出一條路來。兄妹倆走了一整夜，天快要破曉的時候，他們才回到家裡敲門……

自從春美也升上中年級之後，整天課的天數變多了，爸爸和媽媽都覺得小力兄妹不用再去安親班，放學後直接在便利店等媽媽下班來接就可以了。

小力和春美也都明白，安親班洪主任是很嚴厲的，尤其是媽媽常常不能準時下班這個問題讓她很頭疼，只要超過六點半，不用說洪主任鐵著一張臉，就連指導他們課業的心心老師都會垮下臉來，因為心心老師自己也有小貝比在保母家，等著她接呢！然而，在便利商店，不論是阿威哥哥或莉萍姊姊，他們永遠都是笑容可掬的樣子，不管媽媽幾點來接，他們都會親切的說：「歡迎光臨！」

喔！對了，媽媽還給小力一張「e-cash」卡，裡面有儲值固定的金額，她告訴小力，肚子餓或口渴就可以用卡片付費。有一次，小力忘了帶文具用品，也直接用「e-cash」卡在便利商店刷卡購買，所以，媽媽從來不煩惱小力兄妹的應變能力。當然，她也不擔心他們亂買東西吃，因為每個禮拜她都會將卡片的購物明細列印出來，這樣她就能輕鬆了解孩子們吃了些什麼，順便管理他們的健康，實在非常方便。

有時候，同學阿齊會陪小力和春美在便利商店寫功課，他們常常會購買遊戲王、神奇寶貝等卡片交換討論；棒球季賽時，他們還會一起蒐集球員卡；而現在便利商店的最熱門的是模仿日本動畫的「e幻鍊金術卡」！

「e幻鍊金術卡」必須使用購物點數貼紙兌換，目前小力已經擁有二十八枚貼紙，只要再兩枚，他就能換到第一張鍊金術卡了，小力好期待哪！因為同學輝輝已經有機械鎧鍊成卡以及合成獸鍊成卡，阿齊更有特別版的鍊丹卡，只要小力也有任何一張鍊成卡的話，就能馬上加入他們，這樣他們三人的國土就可以擴張得更快了！

這一天，時間還不到五點，因為外面開始飄雨了，所以，阿齊趕著回家。

「我請你吃東西，你再陪我一下嘛！」或許因為下雨的關係，便利商店顯得十分冷清，一種寂寞的感覺悄悄爬上小力的心頭。

「不行，我必須在我媽媽下班前，先洗好澡，省得她一看見我就大發雷霆！」阿齊語帶抱怨，書包隨手一甩就上肩了，他手插口袋無奈的說：「好了，不多說了，我記得阿嬤昨天剁了一盤蝦，今天應該會有我愛吃的蝦仁蛋炒飯，先走囉！」阿齊整整衣服，走出了便利商店。

外頭的冷空氣，隨著開啟的自動門竄了進來，小力和春美打了身哆嗦。

「哥，我也想吃蝦仁蛋炒飯！」春美拉拉小力的衣襬。小力正準備放棄那題他算了將近十分鐘的數學題，於是，翻出了e-cash卡，跟著小美站起身來。「走吧！蝦仁蛋炒飯？沒問題！便利商店什麼都有！」小力牽著春美離開座位，走向生鮮冷藏區。

「哥！媽媽今天會幾點來接我們啊？」春美的手指沿著生鮮食品區的櫃邊滑著……，眼睛盯著牆上的時鐘，短針正指著五的位置。

小力沒空理會春美，眼睛專注的搜尋著「蝦仁蛋炒飯」。「蝦仁……？蛋炒飯……找到了！」手往微波食品區一撈：「沒有蝦仁蛋炒飯，有火腿蛋炒飯哪！看來是蝦仁比較不容易保持鮮度，火腿還是比較耐放！」小力對於食品的存放問題倒是有些基本的概念，檢查一下保存有效期限後，他和春美又各自選了一罐飲料，開心的拿到櫃台前結帳，並請店員哥哥幫他們微波。

果然按照小力的計畫，一盒蛋炒飯加上兩瓶飲料的金額，剛好湊足兩枚點數貼紙。「太棒了！終於有三十點了！」小力高興的將蒐集的集點冊遞給阿威哥哥，心裡忍不住佩服自己的算術能力，雖然他的數學習題依舊懶洋洋的攤在桌子上並未完成。

「小力，這是你的發票還有鍊金術卡！」阿威親切的招呼小力。

像抽中大獎一樣，小力緊張的將包膜拆開，緩緩的將夾層內的鍊金術卡抽出……

「天哪！竟然是隱藏版的『e幻鍊金術體驗卡』！」小力開心得又叫又跳，還在原地轉了好幾圈，不敢相信自己的好運，春美在旁邊也看呆了。

「小力，你要不要現在就進行體驗？我也從來都沒有看過鍊金術體驗卡呢！」阿威哥哥從櫃台下層抽出了一台「e幻鍊金術的讀卡機」放在櫃台上，幾乎所有的員工以及客人全都靠過來湊熱鬧……

小力看看一直將《糖果屋》抱在身上的春美也是一臉期待的樣子，便深吸一口氣說：「那……好吧！我就來體驗看看！」

於是，小力將手中的「e幻鍊金術體驗卡」輕輕的貼在讀卡機上，全部的人都屏住了氣息，不敢出聲……突然，一陣黃黃綠綠的煙開始大量竄出，越來越多，越來越多，直到所有的人都看不見對方……

3

韓森和葛蕾特在森林裡已經走了一天一夜，除了草叢裡的幾顆草莓之外，他們沒吃什麼東西，他們累得連腳都邁不動了，倒在一棵樹下就睡著了。醒來時，他們眼前出現了一幢華麗的小屋，仔細一瞧，小屋居然是用香噴噴的麵包做的，屋頂上是厚厚的蛋糕，窗戶卻是明亮的糖塊，牆壁上還黏了許多糖果和餅乾。兄妹兩人不顧一切的爬上屋子，開始大口大口的吃了起來……

「哥？你在哪裡？」當陣陣青煙開始慢慢消失後，春美小心的問。

「咳咳！春美，我在……這……，你沒事吧？」小力慢慢從地上爬起來，卻被眼前的景象嚇呆了！便利商店像是重新裝潢過一般，到處是自動販賣機、運輸帶、以及運輸帶上不間斷的商品和不斷更新畫面的ＬＥＤ廣告看板，然後……，竟然一位員工、甚至是一位客人也沒有！

「這到底是什麼體驗啊？我們好像來到了另一個地方耶！」春美緊張的靠近小力，並拉住他的手。

「不用擔心，春美！既然是體驗活動，我們就應該要好好把握，不是嗎？這可不是任何人都能得到的機會呢！」小力輕聲安慰春美，但是他的手心還是忍不住冒汗，感覺無法將春美抓緊。

兄妹倆確認四下無人後，開始慢慢的移動腳步，參觀起這間便利商店來。每一台自動販賣機都是晶光閃閃的，販賣的內容千奇百怪，有現做的各式霜淇淋，也有熱騰騰的各類湯麵；有獨一無二的玩偶製造機（眼睛、鼻子、功能都可以任選），還有戲劇製作點播機（可自由設定角色、劇情公式、結局發展等）；其他也有心情販賣機、語言智慧包兜售機……

小力和春美走到「旅遊販賣機」前，投下了五十元以內的旅遊，他們不約而同選擇了海邊，出貨口裡掉進了一袋沙，裡面還有幾顆漂亮的貝殼，隨後，陣陣夾帶鹹味的海風從販賣機的風口迎面吹來，擴音箱甚至傳來了海浪拍打沙灘的聲音，彷彿真的在海邊一般，真是有趣極了！這樣特別的體驗，也讓小力和春美原本緊張的心情頓時放鬆了不少！

繞了一圈，他們還發現商店兩側角落的門邊竟然懸掛著兩塊分別寫著「湯屋」和「電影院」的招牌！小力和春美幾乎不敢相信自己的眼睛，便利商店可以泡湯和看電影？這還是頭一次遇到，當然得進去瞧瞧才行，反正我們有「鍊金術體驗卡」啊！小力和春美毫不猶豫，立刻衝進湯屋！

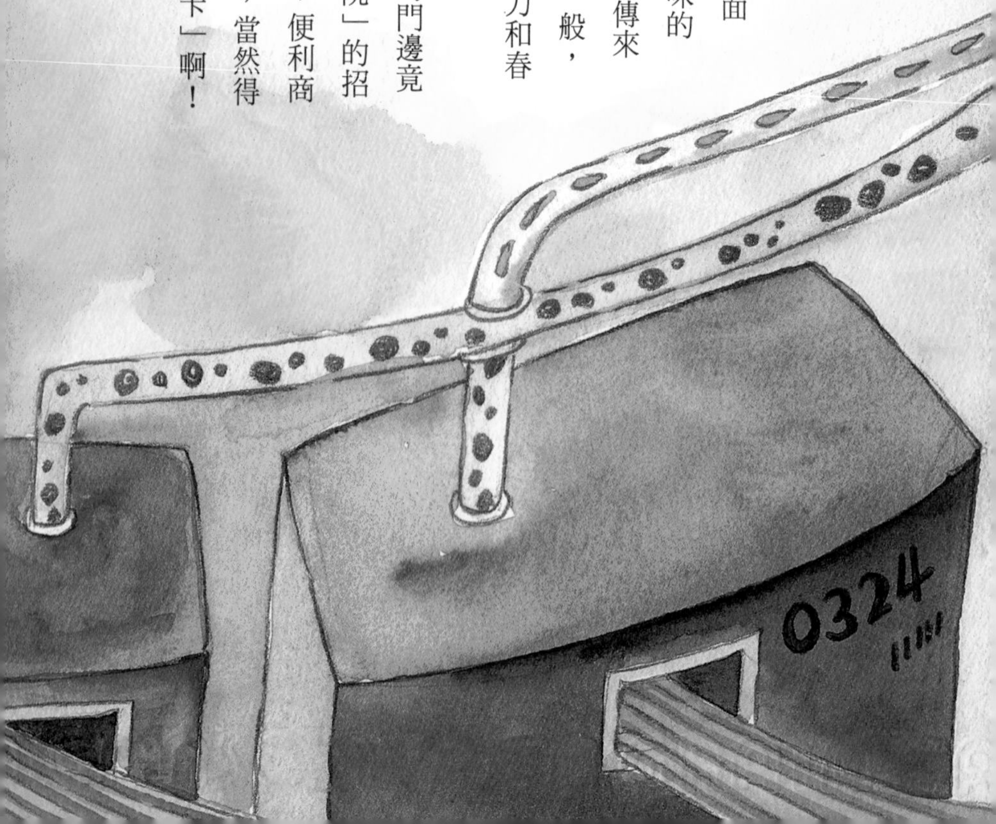

WELCOME
X-12

推開湯屋的門，裡頭有五顏六色、各種溫度、各式療效的湯池，小力和春美在裡頭愉快的浸泡著，甚至還打起了水仗，簡直無憂無慮！身體得到舒緩後，他們馬上進去電影院，選了一部最熱門的卡通影片，開始放鬆心情欣賞了起來，真是享受哪！

身心靈的壓力都得到釋放後，兄妹倆感覺輕飄飄的，幾乎忘了自己為何會來到這裡。他們走到櫃台前，仍然是空無一人。櫃台上放了一個正方體，每一個面都刻了一些字，分別是：外賣、客製化、結帳、申訴……，上方並設有一台感應機。

「哥哥，我們進行了這麼多消費，是不是應該要結帳？」春美抬頭問小力。

「哎呀！我都沒有想到要付費這件事，體驗卡到底有沒有免費的功能，都忘了確認！」小力抓著e-cash卡，慶幸自己有把卡片一起帶來。

於是，兄妹倆開始翻轉正方體，並將「結帳」那一面朝上，放在感應器下方接受掃描，然後……

一個巫婆裝扮的女服務員，從櫃台下方賣力的鑽了出來，嚇壞了小力和春美！

「歡迎光臨！小朋友們！我是『e代便利商店』的員工……」看著抱在一起不斷發抖的小力和春美，女員工連忙解釋。

「你騙人！你根本就是《糖果屋》裡的巫婆！不管你變成什麼樣子，我都認得出來，因為我每天都在看你的故事！」春美將手上的《糖果屋》亮出來，果然，眼前的女員工跟故事封面上的巫婆長得一模一樣！

「唉！」女員工手支著額頭，嘆了一口氣：「怎麼每一個時代，都是小女生最難搞，連這一次也不例外！」

「好了！好了！」她不耐煩的說：「小朋友們，我承認我就是《糖果屋》故事裡的巫婆，不過『糖果屋』已經改版了，現在它成了現代人最需要，也最受歡迎的『便利商店』，而我一樣在裡面工作，這樣你們知道了吧！」

「什麼！這裡是『糖果屋』！」「而你是『巫婆』！」「救命哪！」小力和春美你一言，我一句之後，就哇哇大哭起來！

「夠了！夠了！就說已經改版了，你們這麼緊張做什麼？有任何的問題，等一下你們也可以填寫『顧客意見單』哪！」巫婆轉身，從後方櫃子的抽屜拿出了一張「顧客意見單」，放在櫃台上。「喏！拿去！」很大方的放在兄妹兩人面前。

「這樣你們的消費也有了保障，應該沒有什麼好怕的吧！」女巫將兩手疊在胸前，一派輕鬆的模樣。

「哥！你快把全部選項都勾零分、不滿意，我要檢舉她這個專吃小孩的大壞蛋！」春美收起眼淚，大聲的威嚇女巫。

「這樣可不行！請你們照著遊戲規則來！我又還沒有幫你們服務，你們怎麼可以勾『不滿意』呢？」女巫急忙用雙手護住「顧客意見單」。

「那好！你趕快告訴我們遊戲規則是什麼，我們急著回家呢！」小力鼓起勇氣大聲喊著。

「別急！別急！要回家很簡單，只要找到有我『e代便利商店』辦不到的服務，你們就可以回家了！反之，對於我的服務找不出任何缺點，你們就必須勾選『滿意』，然後無條件的留下

來，這樣懂了嗎？」巫婆將頭往前傾，微微露出一笑，並將「顧客意見單」推回給小力兄妹。

小力和春美看了彼此一眼，哥哥小力首先說：「我的數學作業不會寫，這樣你能幫我嗎？」

「哈哈！」巫婆得意笑道：「這根本是小菜一碟的服務吧！」隨即便抽出一張「智慧錬成卡」放在讀卡機上，收銀機的畫面立刻變成平板模式。「來！把你的數學題目輸進來！」

小力戰戰兢兢的將題目滑入，沒想到，平板畫面立刻出現了清楚的算式與答案，下面還有清楚的分析！

「還有什麼功課上的難題，現在都可以立刻幫你解決喔！沒有我『e代便利商店』辦不到的事！」巫婆得意的對小力眨了下眼睛。

「沒……沒……沒有了！」小力吞吞吐吐的，他還是不敢置信。

「那現在你可以幫我填寫『顧客意見單』了吧！」巫婆將筆遞給小力。

小力吸了一口氣，在顧客意見單上勾了「待改進」。

「什麼！習題不是都解出來了？你還是不能理解的話，下面不都有詳細的分析嗎？你這笨孩子！」巫婆顯然氣急了！

「問題是，我覺得你們的服務根本沒有在擔心消費者到底對『做功課』這件事還有沒有熱忱，即使數學題目解出來了，但我依舊是興致缺缺，不是嗎？」

「說得很有道理耶！」巫婆手指放在下巴邊緣，若有所思的拿出筆記來：「立刻列入改進事項……」振筆疾書之後，她說：「很謝謝您的回饋，您的建議與感受是我們前進的動力，那麼請您再提出下一個服務！」她職業式的回答，並鞠了一個躬。

小力想了一想，決定說：「我們肚子餓了，想要有一頓美味的晚餐。」

「喔！你們難道不想要有高階一點的服務嗎？」巫婆翻了翻白眼，從口袋拿出了一張「美味鍊成卡」說：「沒有做不了的菜！」收銀機畫面旋即變成了點菜平板模式：「來！把你們喜歡吃的食物通通輸入，我們馬上就能幫你們設計菜單，製作餐點喔！」不一會兒，熱騰騰的佳餚便出現在小力和春美面前，全部都是他們愛吃的菜色。巫婆挑了挑眉，將筆再遞給了小力。

小力吞了吞口水，拿起筆在顧客意見單上又勾了「待改進」。

巫婆氣壞了，大聲責問：「又怎麼了？不都是你們喜歡吃的嗎？」

「但是，我認為你沒有關心到顧客的健康，這些都是不營養的食物啊！」小力提出質疑。

「天哪！我以為只有我的屋子改版了，沒想到現在的小朋友也都升級精進了，怎麼比以前還要難伺候啊！」巫婆兩手撐在桌上，頭垂了下來，十分沮喪的模樣。但她馬上打起精神，咬牙切齒的說：「沒關係，絕對沒有我『e代便利商店』辦不到的事！說出你們還需要的服務，我馬上辦到！」

「那麼……請問，」春美小聲又堅定的問：「你有『人體鍊成卡』嗎？我想要……請你……鍊一個人給我。」小美將頭抬起，眼裡布滿淚水。

「你……你說什麼？你是說有肉體、有靈魂、有精神的人？」巫婆眼皮撐了又撐，眼球上充滿血絲！

「對！我想要一個擔心我功課，關心我吃飯的媽媽！」春美一口氣說完，最後放聲大哭！

巫婆搖著頭，嘴張得很大很大，大到快掉下來了，她終於說：「我辦不到！」然後，她的臉和身體開始龜裂……成了一縷黑煙，消失了……

當巫婆準備把韓森煮來吃時，她要葛蕾特爬進爐中去確認爐火，不過葛蕾特猜想巫婆是要把她烤來吃，於是她騙巫婆爬進爐中，並把巫婆活活燙死。兄妹倆找到回家的路，並與他們的家人重聚，從此，他們過著幸福快樂的生活。

4

「叮咚！」媽媽焦急的臉出現在自動門下：「小力！春美！」

小力和春美狐疑的看了一下對方，牆上時鐘的短針指著七。媽媽快步走來，心疼的一把將兄妹兩人抱在懷中：「對不起，媽媽不該這麼晚，讓你們等這麼久！」

另一邊，櫃台的阿威哥哥跟往常一樣，正在幫客人結帳：「小力！你的『e幻鍊金術卡』還沒有拿喔！」他親切的提醒小力，一邊指著桌上的鍊金術卡。

小力上前將鍊金術卡的包膜拆開，一把將卡片從裡頭抽出……

「親人關愛鍊成卡」上面寫著，還畫了一顆愛心。

小力和春美一起笑了，然後呢？

他們牽著媽媽的手，離開了便利之門。

——本文榮獲一〇六年教育部文藝創作獎教師組童話類優選

編委的話

●徐弘軒

讀完這一篇故事，讓我知道雖然「便利商店」要什麼有什麼，非常的方便；但是它卻不是萬能的，和家人之間的親情才是最重要的。每段故事前面都有一小段糖果屋故事來對照故事情節，我覺得很特別。

●陳品禎

作者在前幾段把便利商店形容成萬能的，不管是吃、喝、拉、撒、睡都能得到滿足。但在後面提出了一個便利商店不可取代的東西——愛。不可否認，便利商店真的很便利，但相對的，和家人相處的時間也會變少。這種交換條件我認為不好，因為便利商店沒有感情，人才有！

● **蔡銘恩**

這篇故事的寫法我覺得很特別。作者把自己的童話與眾人皆知的糖果屋同步的描寫出來，又加上未來高科技的遊戲機，非常聚焦。俗話說：「金窩、銀窩，都比不上自己的狗窩。」我相信無論未來的便利超商再怎麼便利，始終無法取代自己的家。

尋找牙精靈 ／姜子安

◎ 插畫／李月玲

作者簡介

新竹縣新埔鎮人，目前住在高雄。以前是國小教師，現在是各種才藝班的小學生，相信持續學習是重返青春的不老神藥。著有《土地婆婆不在家》等書。

童話觀

童話是一種使人變年輕的魔法，寫的人、說的人、聽的人，都是開心的孩子。

吳爺爺哼著歌，走到天堂樂園門口。「老先生，請來這裡檢查資格。」守園天使牽著吳爺爺，往入口旁的櫃檯走去。

「我是大善人，當然有資格進天堂。」吳爺爺理直氣壯。

「還是要確認一下，」天使拉起吳爺爺的左手腕，往櫃檯上的書本靠近。「一下就好了。」

吳爺爺這才發現，自己左手腕不知何時戴上一個月芽兒形狀的手環。

「每個人出生那一刻，都會被戴上記錄一生的隱形月亮手環，直到一生結束，手環才會現形。」天使解釋。

「嗶！」書本發出太陽般的光芒，頁面出現一根金針，快速轉圈。

「嗶！嗶！」

書頁出現一個個綠色字體。

「當義消救火九十九場！」、「震災志工八十日！」……

「我的事，這本書怎麼都知道？」

「這『太陽書』能夠讀取『月亮手環』的記錄。」天使看著綠色字體，「你前輩子果真是好人。」

「我可以進天堂吧？」

「請——」天使把書闔起。

「嗶嗶嗶！」太陽書突然發出急促聲，天使趕緊打開，一行紅色字體閃動著：「四個牙精靈未還！」

「對不起，你不能進天堂樂園了。」

「太陽書搞錯了吧？」

「它是宇宙間最穩定的儀器，不可能出錯。」

「可是……」

天使把太陽書推近吳爺爺：「『吳勝利回收清單』，是你的檔案吧？你還缺四個牙精靈。」

「牙精靈？」

「每個人的器官都有專屬的保護精靈。當一生結束，精靈就會跟著回來。你的四根牙齒精靈失蹤了，必須找回來才行。」

「怎麼找？」

「只要找到牙齒，牙精靈就在附近。我來看看有沒有線索。」天使盯著太陽書的頁面：「有了！失蹤的四個是犬齒、臼齒、智齒、門牙的精靈。前兩個是乳牙。」

「乳牙？」吳爺爺快昏倒了，「我連它們跑哪兒去都不記得，更何況是它們的精靈？」

天使幫吳爺爺把手環側面的黑鈕按下去。「我已經啟動回航功能，只要喊著你要找的牙齒，手環就會帶你回到過去。」

「真的？」

「手環雖方便，但自己也要用心才會成功。快出發吧！」

你敢跟我作對?!

「乳牙犬齒！快回來。」吳爺爺專心喊著。

「叮咚！」手環把吳爺爺帶到一棟傾圮的泥磚屋前。

風化的泥磚堆裡長出一棵大榕樹，還露出一角腐朽的床板。吳爺爺想起小時候，上面的乳牙掉了，媽媽要他往床底下扔。他馬上抓起一根棍子，往泥磚下的床板挖，才一會兒，吳爺爺就累得喘氣。

「喵——」一隻跛腳貓突然跳到吳爺爺面前，豎著一身黑毛。吳爺爺蹲下來安撫牠：「貓咪別怕！」也許是被吳爺爺感動了吧？黑貓眼裡的恐懼變成了懷疑、猶豫。

「我不是壞人。來！」吳爺爺對黑貓招手。黑貓仍不動。吳爺爺慢慢上前，輕撫黑貓的頭：「好乖的貓咪喔！」黑貓幸福的呼嚕著。

「如果你小時候也這麼溫柔，我就不會變成野貓了。喵！」

「誰？」吳爺爺轉頭看向四處，「誰在說話？」

「小勝，你忘記傷害我的往事嗎？」黑貓說。

「你是黑妞？」吳爺爺想起來了，很久以前，那時爸媽都叫他「小勝」。小勝犬齒掉了，照著媽媽的囑咐，趴在床沿，把犬齒扔到床下。黑妞興奮的跑進床底，把牙齒叼出來。

「還我！」小勝生氣的搶回牙齒，再用力扔進去。黑妞又把它叼出來。

「你敢跟我做對？」小勝用力跳下床，正好壓到衝過來的黑妞。黑妞慘叫一聲，跛了腳，從此躲得遠遠的。後來小勝搬家，黑妞沒有跟著搬。

回想到此，吳爺爺很愧疚。

「對不起！傷害了你。其實我好喜歡你，搬家後，我一直想念著你，想了一輩子。」吳爺爺誠懇的說。

「喵！終於等到你的道歉了。」黑貓突然消失，留下地上的一抹黑影。吳爺爺眨眨眼睛，發現那是榕樹的影子。吳爺爺抬頭望向天空，銀閃閃的陽光刺得他睜不開眼睛。

「我一定是被太陽晒昏了，才會把樹影看當成黑貓。」吳爺爺嘆了口氣，「不過，能夠說出記掛多年的話，心裡真舒坦。」

「登！」手環震動，月亮手環出現一顆犬牙。

「啊？」吳爺爺驚喜的望著螢幕。

「犬齒精靈已經回來了。快去找另外三個牙精靈吧！」是守園天使捎來訊息。

咚！牙齒彈回來了

吳爺爺大聲喊：「回來吧！乳牙臼齒！」

「叮咚！」他來到一棟陳舊的紅磚屋前。那時候，他是剛轉學到小鎮就當上躲避球隊長的「阿勝」。

阿勝和好朋友阿和正好都換牙，阿勝邀阿和一起玩遊戲。

「咱們來比力氣。」阿勝用力把手中的臼齒往屋頂扔去。

「咚！」牙齒飛到屋瓦上。

「換你。」阿勝催促矮自己一個頭的阿和。

阿和握著牙齒，根本不想扔，但阿勝是他的好朋友，他不想讓阿勝失望。

「快！扔完咱們去騎車。」

「咚！」仍出去的牙齒撞到屋簷，彈回腳跟前，阿和的臉脹得像豬肝。

「哈哈哈！」阿勝捧著肚子大笑，撿起地上的牙齒，朝上使勁一拋。牙齒上了屋頂。「厲害吧？」阿勝得意的轉頭，卻看到一對受傷的眼神。

阿和轉身就跑。從此，他一看到阿勝，總是拐彎繞路走，兩人沒再說過話。

吳爺爺想著往事，慚愧得滿臉通紅。

「小偷！別動歪腦筋。」一個蒼老的聲音傳來。

吳爺爺回頭，看到一個駝背老人。「你才是小偷咧！這是我家。」

「別騙了，這是我朋友家。我們曾一起在這兒扔牙齒，把牙精靈扔丟了，害我進不了天堂樂園。」

「你是阿和？」吳爺爺大叫，「變成老頭子了？你看你，背都駝了。還記得我嗎？我是阿勝！」

「怎麼可能？阿勝又高又帥，你肚子那麼大……」阿和盯著吳爺爺的臉，突然激動的抓著他：「阿勝，真的是你呀！」

像是怕對方跑掉似的，兩個老朋友緊緊抱住對方，又叫又跳。

「阿和，我不該取笑你。」吳爺爺說，「我欠你一句『對不起！』欠了一輩子。」

阿和連忙說：「該道歉的是我，我太小器了。可是我不敢回頭找你，怕你笑我。」兩個好朋友多年的心結打開了。「登！」兩人的手環同時震動。

「我的臼齒出現了。」吳爺爺看著手環螢幕。

「我的牙精靈也回來了。」阿和高興的說。

吳爺爺讀完訊息：「我得繼續出發了。」

「咱們一起努力進天堂！」阿和說。

「一言為定！」

列祖列宗，請跟爸爸說……

吳爺爺跟童年玩伴和解後，邊走邊開心大喊：「智齒，回來吧！」

「叮咚！」

吳爺爺來到牙醫診所前。他看到當時被朋友稱作「小吳」的自己，躺在診療椅上。

「你的智齒蛀了，必須拔除。」

「拔掉智齒，我不就沒智慧了嗎？」

「哦？」牙醫愣了一下，「你很適合當哲學家呵！」

小吳笑了。

「不過，還是得先解決眼前的痛苦。哲學家，請照顧好你的牙，才能思考哲學問題。」

受到牙醫鼓勵，小吳回家後，偷偷把大學志願卡的醫學系改成哲學系。放榜那天，里長捧著紅紙要來吳家貼賀榜，卻看到小吳被罰跪在祖宗牌位前。

一心盼望兒子當上醫生，失望的爸爸從此沒再對小吳笑過。

爸爸過世後，小吳不斷夢到爸爸，一年、兩年、三年……他在夢裡始終和爸爸面對面講不出話來。

「唉！」往事想太久了，吳爺爺覺得有點兒累，涼風一吹，他就睡著了。

吳爺爺作夢回到大學放榜那天。

這次，他跪在祖宗牌位前，爸爸拿著竹子用力打地板，發洩怒氣。一直沉默的小吳突然靈光一閃，對著祖宗牌位說：

「偉大的列祖列宗！請您們跟爸爸說，我以後一定會努力研究哲學，不但能解開人生疑惑，也許還能幫助更多人。請爸爸不要擔心，萬一他傷了身體，我會捨不得。如果他氣死了，我就沒機會孝順他了。」

爸爸噗哧一聲笑了出來。「你這小子，就是一張嘴巴喜歡東說西說。算了，研究你喜歡的學問也好，不跟你計較了。」

爸爸抱起桌上的紅紙交給小吳：「起來吧！哲學家，你的書法比我這個農夫漂亮，把里長的賀榜改兩個字，貼到門口。醫生到處是，有智慧的哲學家才稀罕。我要讓鄰居羨慕我有個好兒子，哈哈哈！」

吳爺爺在爸爸的笑聲中醒來，心裡覺得舒坦多了。許多年來，沒能和爸爸好好說話，是最大的遺憾。這次，靠著月亮手環回到從前，得到爸爸原諒，他終於鬆了一口氣。這口氣已經悶在心裡一輩子啦！

「登！」吳爺爺的智齒出現了。

「智齒精靈回來了，請繼續加油！」天使傳來訊息。

捨牙救人真英雄

「回來吧！門牙！」月亮手環立刻把吳爺爺送到一個到處都是玻璃碎片、斷牆殘瓦的地方。那是清晨發生的地震，吳爺爺擔任小鎮救難隊顧問。

前一夜在家多喝了兩杯，吳顧問接到救災電話，匆匆出門。

在一棟半倒的民房裡，他酒精未退，一陣頭暈跌倒在地，撞斷門牙，也壓響了身上的緊急呼叫器。就在昏過去的剎那，他瞥見櫃子下躺了一位老太太。

三天後，救難隊隊長帶著記者來到病房。

「吳顧問是我們救難隊的真英雄，每次災難發生，他都跑第一。」隊長向大家報告，「這次被櫃子壓傷的陳老太太，幸好是被吳顧問發現，及時通知我們，才救回一條命。」

大家敬佩的望著吳顧問。吳顧問不好意思笑著說：「沒什麼啦！救人本來就是我的責任。」

隊長看到吳顧問的笑容，馬上補一句：「大家看，吳顧問為了救人，門牙都摔斷了，這個匾額還真是送對人了。」

接著，吳顧問扶著「救難真英雄」匾額，和大家拍了合照。照片裡的吳顧問雖然缺了一顆門牙，卻笑容燦爛。報紙上也刊登了這張照片，標題是：「吳勝利捨牙救人真英雄」。

吳顧問出院後，把報紙裝在相框，掛在匾額下。只要客人來訪，他就會指著報紙把自己救人的故事加油添醋說一番。

想著生前往事，吳爺爺突然臉紅起來。「牙齒是我自己跌斷的，我不好意思說出真相，哪是真英雄呢？」

突然，一個小男孩從房間走出來，扯著吳爺爺的手。「外公，再說一次你救人的故事給我聽。」

吳爺爺深吸一口氣：「有一天外公喝醉酒，還沒清醒就跑去救人，結果自己跌倒撞斷門牙，還被別人救起來。真糗啊！」

「咦？怎麼跟以前不一樣？」

「外公以前沒說真話，這次才是真的。」

小外孫哈哈笑：「原來大人也會說謊啊？」

吳爺爺尷尬笑著：「對不起，作了壞榜樣。」

「登！」斷掉的門牙出現了。

「恭喜！牙精靈都回來了，天堂樂園的大門已經為你打開。」

謝謝牙精靈

吳爺爺回到天堂門口，守園天使正等著他。

「我心裡壓著的大石頭好像被搬走了。」吳爺爺嘻嘻笑著。

「恭喜你和過去的自己和解了。」天使說，「唯有和過去和解的人，才能進入天堂。」

「那四個牙精靈呢？我要謝謝他們。」

「接到新任務，都出發去了。」天使指著天空的四個銀閃閃小身影。

「嘎？想不到牙精靈這麼忙！」

「最近出生的娃娃比較多，精靈們都忙不過來了。」

「希望新主人懂得照顧自己的人生，不再耽誤精靈們回來的時間。」吳爺爺把雙手圈在嘴前，對著天空大喊：「親愛的牙精靈，祝你們順利完成任務，早日歸來。」

——原載二〇一七年十二月《未來少年》八十四期

編委的話

● 徐弘軒

這篇故事用天堂來做題材，非常少見。故事裡主角回到過去，把之前人生中沒做好的事做彌補，我希望我也能像故事裡的主角，能夠彌補自己的過錯，才不會留下遺憾。

●陳品禎

尋找牙精靈只是一種手段，作者最主要想表達的是做人要勇於承認錯誤，是你做錯的就該道歉。故事中也放入一些新奇的高科技，像太陽書、月亮手環，令人好奇。我最喜歡的一幕是小男孩請吳爺爺說他救人的故事，會讓我想起我小時候叫奶奶說故事的畫面。

●蔡銘恩

天堂，還活著的人可能都沒看過，作者藉由進天堂的過程寫成一篇童話，我覺得找牙精靈時很有趣，每個牙精靈就像人生中未完成的事，結局也完美的成功了。

卷二

不老湯

不老的題材，不老的人物，泡過之後，心也不老。

三隻大野狼的真實故事 ／李治娟

◎ 插畫／李月玲

作者簡介

一九六七年出生於平凡的小康之家，畢業於國立台北教育大學幼兒與家庭教育研究所，任職於幼兒園三十年。

由於工作緣故，經常接觸繪本，日積月累對於故事的熟稔，成為工作的喜好及創作的基礎。

童話觀

童話它融合了生活經驗與無垠的想像，但總有個目的性。

誰能創作童話故事？答案是「每個人」，不分老幼，當我的思緒羅織出一件新衣裳時，我希望有像孩子般的人，看穿我的作品。

1

九月的星期六的早晨，阿德、阿威、阿立三隻小狼結伴要去「老狼安養院」做一天的志工，「志工」就是志願服務別人、替有需要的人做一些事情。這雖然是學校本學期規定的新任務，但是，對於沒做過的事，三隻小狼們還是很興奮、很期待著這一天的來臨。

「嗚──嗚──」出發了！三隻小狼昂首快步，往「清境森林」裡走去。

「你們今天準備什麼節目？」小狼阿德問其他兩隻小狼。

「小狼學校」擔心這些「新手志工」幫不上什麼忙時，希望他們能準備一些餘興節目，多少能帶給安養院老狼們一些歡樂的慰藉。

「我準備說故事，『從前從前有三隻小豬，老大叫豬大哥……』」小狼阿威不由自主的說起故事來。

「我要唱歌，『小孩子乖乖，把門兒開開，快點兒打開，我要進來。』」小狼阿立不由自主的唱起兒歌來。

「那你呢？你準備什麼節目呢？」當阿威、阿立練習完畢後，好奇的問阿德。

「嘿嘿！待會兒到了你們就知道。」小狼阿德很神祕的笑著。

「說嘛！說嘛！萬一你要我們幫忙，我們才知道你的計畫。」阿威、阿立好奇的請求阿德透露計畫。

「好吧！我準備要請老狼們說故事給我聽。」阿德說。

「啊！請老狼說故事給我們聽？」阿威有點不相信的說。

「這樣哪能算是當志工啊！」阿立懷疑的問道。

「噢！這個你們就不知道了，老狼們年輕的時候一定有很多故事值得回憶，我們聽他們說故事，可以幫助他們轉變心情，安慰他們的心靈，這樣也是當義工。」阿威解釋自己對志工的認知。

「這樣說好像也有道理！」阿威、阿立聽完阿德的說法，覺得可以接受，三隻小狼就往「老狼安養院」快步前進。

2

「您好！我們是『博愛』小狼學校的學生，我們要來這裡當志工，請多指教。」

「老狼安養院」大門口警衛室裡，坐著穿制服的警衛阿姨，抬起頭望了他們一眼。

「讓我找一找……喔！找到了，喏！這是你們的通行證，請你們將證件掛上，然後進去直走到大廳，去找一位叫『茉莉』阿姨，她會知道你們今天的工作。」警衛阿姨扶了一下眼鏡和善的對三隻小狼說。

「好的，謝謝您！」過了第一關，三隻小狼心情很輕鬆的往大廳走去。

「看樣子他們很歡迎小孩子來這裡當志工。」

「希望我們不會搞砸一些事情。」三隻小狼七嘴八舌的討論著。

「叮咚！請幫我們開門，我們找一位茉莉阿姨。」三隻小狼有禮貌的說著。

「好的，請進！」大廳的鐵門鎖立刻彈開，三隻小狼嚇了一跳，就一隻隻小心翼翼走進大廳裡面。

哇！好熱鬧的大廳，三隻小狼一走進大廳嚇了一跳。怎麼跟門外的安靜差很多，大廳裡有好多群狼，有的在聊天、有的在玩撲克牌，還有的在看電視，正當他們還在思考時，茉莉阿姨笑瞇瞇出現在他們眼前。

「小朋友們你們好，謝謝你們來安養院當志工，我是你們今天的指導老師，你們叫我『茉莉阿姨』就可以了。」

「您好，茉莉阿姨，我們是阿威、阿立、阿德。」小狼學校特別叮嚀服務時要注意禮節。

「你們今天的工作是要協助老狼們將東西分類，把用過的放回原位。」茉莉阿姨在喧鬧的大廳裡提高了音量，用宏亮的聲音說明今天的任務。

「大廳裡有這麼多東西，要從哪裡開始分類呢？」三隻小狼互相看了一眼。

「不是幫大廳裡的老狼，是去『顏色屋』幫忙。」茉莉阿姨繼續說下去。

「大廳裡的老狼們很活潑，記性很好，他們還不需要別人協助，顏色屋裡的老狼，他們只記得過去的事情，常忘記現在的事情。所以呀！要請你們按照片指示，將東西依照片位置放好就可以了，這樣老狼們才找得到他們的牙刷、襪子在哪裡。」

三隻小狼被帶離大廳，順著走廊依序看見三間黑、白、紅色牆壁的小屋子。

「那兒就是『顏色屋』，裡面分別住著三位老狼，你們等會進去幫忙時，記得！對待老狼要有禮貌，不然會被他們趕出去的。」茉莉阿姨提醒著說。

「好特別的房子，裡面是不是住著很特別的老狼呢？」阿威、阿立、阿德心裡有著一致的想法，但還來不及提問茉莉阿姨已走遠了。

「叩！叩！叩！我是茉莉，我帶今天的志工來幫您收拾房子了。」

黑色房子的房門被打開了，裡面有一隻大黑狼，瞇著眼睛看著三隻小狼。

「您好！」三隻小狼連忙鞠躬向大黑狼問好。

「黑哥，今天好嗎？運動了嗎？飯前的藥吃了沒？」茉莉阿姨似乎很熟悉黑狼的作息。

黑狼沒有回應，一會兒瞧三隻小狼一眼，又一會兒東張西望的。

「那就請你們幫忙收拾房子吧，收拾好等我來帶你們。」

三隻小狼依照相片指示將屋子裡凌亂的地方歸回原位，很快的就整理好了。

「請問我們還可以幫您做什麼事嗎？」

「快！快幫我找到巧克力脆片在哪裡，我的『美食天地』等會兒要播了。」

「找到了！在您的口袋裡。」三隻小狼嗅一嗅房子裡的角落，很快在大黑狼的睡袍口袋裡找到巧克力脆片。

「謝謝你們，終於找到了。」原來黑狼一直在找他的巧克力脆片。

「唷！你們看我真是健忘，剛才倒好黑豆漿，就忘記巧克力脆片放在哪裡了。」

三隻小狼互相看了一眼偷偷的笑，大黑狼的黑豆漿又忘記放進冰箱裡。

「伯伯！您的房子裡的東西都是黑色的，好特別吔！」

「黑色的東西不怕髒，我就是怕髒。你們看，我年輕的時候，發明了超強力『黑色旋風吸塵器』，吸力強、又容易清理髒東西，我想賣給三隻小豬，沒想到豬大哥的茅草屋太不堅固了，一下子就被吸垮了，沒想到豬二哥的木頭屋也是，我才開到第二段吸力，他的房子就散了，他們兄弟倆從沒看過這麼厲害的機器，拚命跑到豬小弟家求救。」

「後來呢？」三隻小狼一起問。

「後來我也跟著去，發現豬小弟的紅磚屋又大又堅固，一定很需要我這台超強吸塵器，於是，我想從煙囪吸一些煙灰給他們看我的超強吸塵器，幫我按個『讚』，結果，一不小心就變成大家聽過的『三隻小豬』的故事，其實，我不是壞野狼，我是賣吸塵器的。」

阿威眨眨眼睛，很驚訝的說：「伯伯！您好厲害，把我今天要說的故事說完了！」

「這樣啊，記得喔！下次再說故事時，要說清楚講明白，那天我是要賣吸塵器不是要吃豬肉的。」

「好的！我們會記得您的故事，回到學校會重新再將您的故事說清楚的。」

這時，茉莉阿姨已走進來，笑瞇瞇的說：「黑哥，他們做得好嗎？『美食天地』快要播了。」茉莉阿姨提醒黑狼。

「這三個小傢伙喜歡聽我說我的過去事。」黑狼似乎很滿意今天的聽眾。

茉莉阿姨將三隻小狼帶離黑屋，隨手拿出筆來，然後在屋外牆上畫上第九十九條記號線。

三隻小狼隨後進入白色牆壁的房子。

「叩！叩！叩！我是茉莉，我帶今天的志工來幫您收拾房子了。」

白色房子的房門被打開了，裡面有一隻大白狼，瞇著眼睛看著三隻小狼。

「您好！」三隻小狼連忙鞠躬向大白狼問好。

「白哥，今天好嗎？運動了嗎？飯前的藥吃了沒？」茉莉阿姨似乎很熟悉白狼的作息。

白狼沒有回應，一會兒瞧三隻小狼一眼，又一會兒東張西望的。

「那就請你們幫忙收拾房子吧，收拾好等我來帶你們。」

三隻小狼依照相片指示將屋子裡凌亂的地方歸回原位，很快的就整理好了。

「請問我們還可以幫您做什麼事嗎？」

「快！快幫我找到白巧克力脆片在哪裡？我的『美食天地』等會兒要播了。」

「找到了！在您的口袋裡。」三隻小狼嗅一嗅房子裡的角落，很快在大白狼的睡袍口袋裡找到白巧克力脆片。

「謝謝你們，終於找到了。」原來白狼一直在找他的白巧克力脆片。

「唷！你們看我真是健忘，剛才倒好鮮奶，就忘記白巧克力脆片放在哪裡了。」

三隻小狼互相看了一眼偷偷的笑，大白狼的鮮奶又忘記放進冰箱裡。

「伯伯！您的房子裡的東西都是白色的，好特別吔！」

「白色的東西很輕巧，我就愛輕巧。你們看，我年輕的時候，發明了超輕巧白色旋風榨汁機，磨力強、又好用，我想賣給羊媽媽，七隻小羊在家一定很需要我這台超強榨汁機，沒想到羊媽媽剛好不在家。」

「後來呢？」三隻小狼一起問。

「後來，我就唱歌給他們聽『小孩子乖乖，把門兒開開，快點兒開開，我要進來』，我還去買麵粉再把我的手腳弄乾淨，想打青草汁給小羊試喝，結果；一不小心把六隻『小鮮肉』忍不住也吞了下去，就變成『七隻小羊』的故事，其實；我不是壞野狼，我是賣榨汁機的。」

阿立眨眨眼睛，很驚訝的說：「伯伯！你好厲害，把我今天要唱的歌唱完了！」

「這樣啊，記得喔！下次再唱歌時，要先說清楚講明白，那天我是要賣榨汁機不是要吃羊肉的。」

「好的！我們會記得您的故事，回到學校會重新再將您的故事說清楚的。」

這時，茉莉阿姨已走進來，笑瞇瞇的說：

「白哥，他們做得好嗎？『美食天地』快要播了。」茉莉阿姨提醒白狼。

「這三個小傢伙喜歡聽我說我的過去事。」白狼似乎很滿意今天的聽眾。

茉莉阿姨將三隻小狼帶離白屋，隨手拿出筆來，然後在屋外牆上畫上第一百條記號線。

三隻小狼最後進入紅色牆壁的房子。

「叩！叩！叩！我是茉莉，我帶今天的志工來幫您收拾房子了。」

紅色房子的房門被打開了，裡面有一隻大紅狼，瞇著眼睛看著三隻小狼。

「您好！」三隻小狼連忙鞠躬向大紅狼問好。

「紅哥，今天好嗎？運動了嗎？飯前的藥吃了沒？」茉莉阿姨似乎很熟悉紅狼的作息。

紅狼沒有回應，一會兒瞧三隻小狼一眼，又一會兒東張西望的。

「那就請你們幫忙收拾房子吧，收拾好等我來帶你們。」

三隻小狼依照相片指示將屋子裡凌亂的地方歸回原位，很快的就整理好了。

「請問我們還可以幫您做什麼事嗎？」

「快！快幫我找到草莓脆片在哪裡，我的『美食天地』等會兒要播了。」

「找到了！在您的口袋裡。」三隻小狼嗅一嗅房子裡的角落，很快在大紅狼的睡袍口袋裡找到草莓脆片。

「謝謝你們，終於找到了。」原來紅狼一直在找他的草莓脆片。

「唷！你們看我真是健忘，剛才倒好草莓優格，就忘記草莓脆片放在哪裡了。」

三隻小狼互相看了一眼偷偷的笑，大紅狼的草莓優格又忘記放進冰箱裡。

「伯伯！您的房子裡的東西都是紅色的，好特別吔！」

「紅色的東西很熱情，我就是熱情。你們看，我年輕的時候，發明了超強力紅色旋風縫紉機，電力強、又耐用，我想車一頂新的紅帽送給小紅帽，沒想到小紅帽不理我，只顧著採花。」

「後來呢？」三隻小狼一起問。

「後來想想如果小紅帽的奶奶買我的機器的話，不需要多花力氣，就可以幫小紅帽做新的衣裳，於是，我就『裝可愛』想打扮成小紅帽的樣子，奶奶才不會被嚇到，結果；奶奶一眼還是看出我來，拚命的尖叫，我只好先把她藏在肚子裡，就變成『小紅帽』的故事，其實；我不是壞野狼，我是賣縫紉機的。」

「好的！我們會記得您的故事，回到學校會重新再將您的故事說清楚的。」

這時，茉莉阿姨已走進來，笑瞇瞇的說：

「紅哥，他們做得好嗎？『美食天地』快要播了。」茉莉阿姨提醒紅狼。

「這三個小傢伙喜歡聽我說我的過去事。」紅狼似乎很滿意今天的聽眾。

茉莉阿姨將三隻小狼帶離紅屋，隨手拿出筆來，然後在屋外牆上畫上第一〇一條記號線。

三隻小狼離開了顏色屋，完成三關任務心情變得好輕鬆。

阿德眨眨眼睛回頭對阿威、阿立說：「我們今天聽了三位伯伯的真實故事！」

「今天你們收穫一定不少，至少聽了以前從來沒聽過的故事。」

「三隻老狼也謝謝你們耐心的聽他們故事。」茉莉阿姨說。

「可是……為什麼？」阿威、阿立、阿德忍不住七嘴八舌的開始發問心中的疑惑。

「好好好。」茉莉阿姨連說了三次「好」來平息三隻小狼爭先恐後的發言。

茉莉阿姨似乎習慣且早有準備，不慍不怒的看著他們。

「我先問問題好了，茉莉阿姨為什麼當您一離開一間顏色屋就會在屋外牆上畫上記號呢。」阿威首先提問。

茉莉阿姨順勢將口袋的粉筆再拿出來轉了一下，「那是因為老狼們會常問『我的故事講幾遍了…不只吧』，雖然這是個小小的舉動，對老狼們卻有不同的意義。」

「他會覺得有人在關心他，對嗎？」小狼們說。

「沒錯。」茉莉阿姨點點頭，「他們從遠遠地方看見這些符號就會發出愉悅的叫聲，證實又有更多『人』聽了他們的真實故事相信他們。」

「還有、還有為什麼他們要住在『顏色屋』呢？」阿立接著問道。

茉莉阿姨搓了搓下巴，繼續說下去：

「三隻老狼的故事當年在狼群裡流傳開了，他們都成了『話題人物』，有『人』譏笑他們的愚昧、貪嗔，都怪他們害人類的小孩怕死我們。」

「還有『人』批評他們『假人道』違反狼性，為何單打獨鬥、為何不一口氣把三隻小豬、七隻小羊，還有人類都吃吃掉，讓可笑故事傳承不朽。」

三隻小狼注意到茉莉阿姨的臉色有了不同的變化，但又不好意思問這跟他們為什麼要住在「顏色屋」有什麼關係呢？

「三隻老狼的故事，曾經也被狼群做為教育下一代的典範材料，可是；卻沒有『人』注意到黑狼睡袍裡面全身上下百分之八十燒燙傷、白狼睡袍裡面全部九十九公分的縫線以及紅狼睡袍裡面開刀取出子彈的傷疤。」茉莉阿姨說。

「後來呢？」三隻小狼迫不及待想聽完從來沒聽過的故事。

「剛開始三隻老狼也很沮喪，他們覺得自己的『原則』是真實的，只是結果……」

「慘不『人』睹。」三隻小狼異口同聲。

「沒錯。」茉莉阿姨笑著點頭。

「不過，後來漸漸有『人』注意到，多虧他們才和人類的生活連結，也開始有不少人類會為我們主持正義，三隻老狼才開始重生，過自己的生活。」

「黑狼住在黑色的房子，燒燙傷的痕跡比較不凸顯、白狼住在白色的房子，縫線的痕跡比較不凸顯、紅狼住在紅色的房子，傷疤的痕跡比較不凸顯。」茉莉阿姨回到正題了。

「這樣他們也比較有安全感吧。」阿德疼惜的說。

茉莉阿姨笑著點頭。

走著走者，茉莉阿姨和三隻小狼經過了「制服間」，看見有一些跟他們一樣胸前掛著「識別證」的志工阿姨們，正埋首使用縫紉機做圍兜。

「你們看，這麼好用的縫紉機一開始都是紅狼設計的呦。」茉莉阿姨說。

「我家樓下也有教大家如何用縫紉機做『拼布』的店。」阿德說。

隨後茉莉阿姨和三隻小狼走進「休息室」，茉莉阿姨操作輕巧的榨汁機，請三隻小狼喝果汁、吃點心。

「你們看，這麼好用的榨汁機一開始都是白狼設計的呦。」茉莉阿姨說。

「我媽媽在看電視購物台也有教大家如何用榨汁機做『果汁』。」阿立說。

最後，茉莉阿姨和三隻小狼走進大廳，看見有一些跟他們一樣胸前掛著「識別證」的志工叔叔們正在使用吸塵器。

「你們看，這麼好用的吸塵器……」茉莉阿姨的話還沒說完，就被心急的阿威給打斷了，「這些吸塵器該不會是一開始都是黑狼伯伯設計的吧？」

「好聽明的小傢伙，學會『舉一反三』了。」三隻小狼和茉莉阿姨都笑了。

「我姑姑出國去玩都會帶一支吸塵器回來給親戚朋友。」阿威說。

茉莉阿姨抱胸說：「我們有這些方便的東西可用，都要感謝這『三個傻瓜』。」

順著茉莉阿姨的餘光，阿威、阿立、阿德穿過大廳玻璃窗，看見三間「顏色屋」裡的三隻老狼各自吃著不同的脆片、喝著不同的飲品，看著一樣的「美食天地」，享受著屬於他們的晨光。

「再見了！我們有機會還會來看你們的。」三隻小狼用力的擺動尾巴。

「嗚——嗚——」回家了！三隻小狼昂首快步，往「甜蜜的家」方向走去。

——本文榮獲一〇六年教育部文藝創作獎教師組童話類佳作

編委的話

● 徐弘軒

這一篇故事把我們從小聽到大的一些關於大野狼的故事，以大野狼的立場重新改寫，我覺得很特別。故事編寫，合乎邏輯，而且結合目前社會老化的現況，提醒我們要多關懷老人。

● **陳品禎**

把家喻戶曉的童話故事改編，我很喜歡。而且三隻老狼的行動除了顏色、物品不同外，動作、用詞完全一樣，感覺很有趣。文章中提到老人問題，現在世界正邁向高齡化社會，而且又少子化，許多年輕人就把老人送去安養院，那些老人也許會像黑、白、紅狼一樣，一直在想年輕時的事情，並且需要有人陪伴、被重視。

● **蔡銘恩**

這篇故事以狼的角度來看三隻大野狼的傳統童話。在傳統故事裡，狼總是扮演著負面角色，對於狼的遭遇都覺得是牠活該、自做自受。但看完這篇童話，卻也對狼起了側隱之心，似乎也告誡著我們：眼睛看到的不一定是事實。

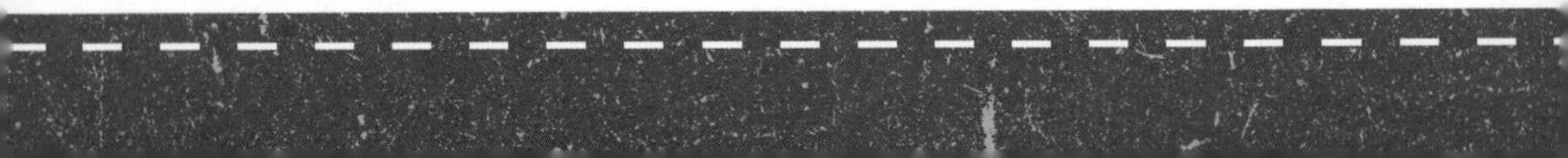

金雞報喜 ／傅林統

◎ 插畫／李月玲

作者簡介

台灣桃園人，從事小學教育工作四十六年，退休後繼續在桃園文化局給兒童說故事，培訓兒童讀書會帶領人、說故事媽媽，推廣兒童文學不遺餘力，孩子們暱稱「愛說故事的爺爺」。著有《真的！假的？魔法國》、《變！變！變！動物國》等多種兒童書。

童話觀

童話，有的是逗你開懷歡笑，叫你忍不住笑出眼淚。有的是感動你，使你不由得流出真情的淚。

不過重要的是要你發現淚水上有彩虹，有美好的啟示，鼓舞你以善良的心擁抱無窮的美夢，勇敢踏出美夢成真的路程。

膨風大仙說很久很久以前，他阿公的阿公的阿公……，把一隻金羽毛的公雞當寵物養著，餵牠最好的穀子，最香的蔬果，最甜的飲水，還有最舒服的雞棚。

隔壁家的老婆婆，飼養的卻是天天下蛋的母雞，一顆顆晶瑩亮麗的雞蛋，滿足了老婆婆的口福，卻也引起了老婆婆的傲氣，瞧不起老公公的公雞，笑牠「只會拉屎，不會生蛋的米蟲，徒有一身美麗的裝飾，連個蛋都不會生」。每次煎蛋，還故意暢開窗戶，把香味搧向鄰居，羨煞了老公公。

有一天老公公忍不住「一家煎蛋兩家香」的引誘，厚著臉皮向老婆婆要個雞蛋，老婆婆回絕了，以諷刺的口氣說：「怎麼不叫你家的公雞也下蛋呢？」

「公雞怎會下蛋！」

「誰說公雞不會下蛋？鞭打牠啊，不生痛打，直到下了蛋。」

老公公回家，雖然不相信鞭打有用，但心裡悶悶的，還是抓起鞭子打公雞，公雞很傷心，不是傷心挨打，是傷心老公公從小無微不至的疼愛牠，牠卻一絲絲回報都做不到。

喔！喔！

傷心的公雞離家出走了，不是棄離老公公，而是想學會本領，賺錢給老公公買很多很多的雞蛋。

公雞跑得遠遠的，越過一座座山，來到滾滾急流河邊，問水邊吃草的老牛怎樣才能渡過大河？老牛說：「牛飲，喝乾河水就是了！」

報答老公公心切的公雞，學起「牛飲」，果然喝乾了整條河水。過了河，草叢裡出現大蟒蛇，一場雞蛇殊死鬥，蟒蛇受不了公雞的水攻和尖尖嘴喙，還有雙腳飛舞的利爪，投降說：「你會『牛飲』，算是天下功夫學一半，如果你放了我，我就教你另一半『蛇吞』。」

於是公雞學會了「牛飲蛇吞」的絕技，繼續走啊走！走過一個又一個村莊，清晨時分來到熙熙攘攘的城市，城市中央聳立金碧輝煌的宮殿。公雞心想：就向國王要些錢孝敬老公公吧！公雞一躍，跳上屋頂大喊大叫：「國王啊！我為您報曉，請您賞錢，給我買雞蛋孝敬我家老公公。」

國王呼呼打鼾，睡得正甜，夢中被吵醒，生氣的命令士兵把公雞抓起來丟進護城河淹死。公雞施展牛飲功夫喝乾河水，第二天清晨又跳上宮殿屋頂大喊大叫：「國王啊！我為您報曉，請您賞錢，給我買雞蛋孝敬我家老公公。」

國王睡眼惺忪爬起床，勃然大怒下令說：「把那可惡的傢伙，抓起來拋進火爐燒成灰燼！」

公雞被拋進炎炎火爐，不慌不忙，吐出滿肚子的水滅火。第三天清晨又跳上宮殿屋頂大喊大叫：「國王啊！我為您報曉，請您賞錢，給我買雞蛋孝敬我家老公公。」

這次國王不再生氣了，而是滿心好奇的叫士兵把公雞抓過來，好仔細的瞧個究竟，這傢伙怎會是「不死鳥」？站在威嚴的國王面前，公雞毫不畏懼的拍拍翅膀，挺起胸膛，跳起美妙的舞步說：「偉大的國王啊！看在我天天報曉的辛勞，賞我幾枚金幣，好買雞蛋孝敬我家那慈祥的主人。」

國王眼看公雞果然不同凡響，聰明又伶俐，美麗又曼妙，又驚又喜，不由得喜歡起公雞，立刻叫人打造一座黃金鳥棚當寵物養著。可是公雞一心一意想回家，啄破鳥棚跳上屋頂大喊大叫：「國王啊！我為您報曉，請您賞錢，給我買雞蛋孝敬我家老公公。」

國王為了留住心愛的公雞，異想天開自言自語：「宮殿裡的金幣堆積如山，讓牠吃個飽，吃個重甸甸，動彈不得，想跑也不了，乖乖當我寵物！」

想不到公雞竟然施展蛇吞功夫，把全部金幣吞下肚，一枚也不剩，還活潑亂跳，喔喔啼叫，國王見狀，氣得暴跳如雷，下令剖開公雞的肚皮取回金幣，可是公雞突然變成一輛橫衝直撞的坦克車，不！是無敵鐵金剛，揮舞尖銳的嘴喙，敏捷的腳爪，勇猛的擊退大隊兵士，然後跳上屋頂高喊：「謝謝國王賞賜滿滿一肚子金幣！」說罷倏爾消失在遠方不見蹤影。

回到老公公身邊的公雞，吐出金幣，滿滿一穀倉，還裝不完，請老公公拿來木箱、水桶、鍋子、瓶瓶罐罐，所有容器都裝得滿滿，處處金光閃閃。

老婆婆太驚奇了，悄悄過來瞧瞧，禁不起引誘，厚著臉皮討金幣，老公公大方的請她裝滿一口袋回家去。

這時天剛亮，公雞跳上屋頂喔喔啼叫：「我親愛的朋友們！大家聽著：我們偉大的國王大發慈悲，叫我帶來金庫裡所有的金幣，每個人賞給幾枚，買新農具、新工具、新衣服、新家具，過幸福美滿的好日子，而且要我天天跳上屋頂喔喔啼，報曉早起，勤奮工作，增產報國。」

左右鄰居都來排隊領金幣，不！全村，全國的人都來領取金幣，領罷，一群一群人，圍在王宮四周高呼：「國王萬歲！國王萬歲！我們要聽雄雞報曉、報喜，勤耕勤作，讓國王高興，國家富強，人民幸福！」

喊聲雷動，響徹雲霄，夢中的國王揉揉惺忪睡眼，仔細聽聽，啊！是他好久好久沒聽到，而且又渴望的人民發自內心的萬歲聲啊！

國王太高興了！跳起床，走出陽台，迎著陽光，迎著歡欣的聲浪，迎著熱情的群眾，笑容滿面，宣布頒給金雞特等榮譽勳章，獎賞牠「金雞報喜」的功勞。

從此公雞就有了耀眼的紅色雞冠和五彩繽紛的頸環，全國家家戶戶，門楣都貼上「雄雞報曉勤耕田，金雞報喜笑顏開」的對聯，到處喜氣洋洋。

——原載二〇一七年七月八日《更生日報・副刊》

編委的話

●徐弘軒

這一篇故事趣味性比較高，尤其是當公雞變成無敵鐵金剛擊退大隊兵士的那一段，不禁讓我哈哈大笑。金雞原本做不到「牛飲」「蛇吞」的本領，經過學習反而變成公雞的專長，可見人是很有潛力的，不要小看自己。

●陳品禎

我最喜歡的地方是金雞和國王的對話。雖然連續好幾次國王都想要殺死牠，但金雞不但沒死，還很冷靜的面對。除此之外，金雞最後也讓國王不再生氣，扭轉局面。根據以上兩點，我們知道金雞是一隻很冷靜、有智慧的雞，這篇文章是很典型的童話故事。

●蔡銘恩

本文運用了一些動物的特長，又配合雞的成語，也把農村的些許生活寫出來，讓我覺得身在其境，國王的自私也顯露出來，雖然只是一篇普通的童話，但卻讓人一讀再讀。

大肚山風雲

／陳書苑

◎ 插畫／李月玲

作者簡介

中原大學畢業，在中鋼服務逾三十五年，喜愛兒童故事創作，作品散見於報紙、週刊或徵文比賽等。曾於一〇五年由大學同學集資，將多年兒童作品自編成十萬餘字故事書，共印製二萬五千冊，透過地方政府，分贈全台各小學供小朋友閱讀。

童話觀

就像小時候聽大人講的故事一樣。期待自身的作品除了有創意、有寓意之外，要能簡潔、連貫，有明顯的情節和完整的結局，讓小朋友看了一遍以後，就能完整的記住，也可以再講給別人聽。

從前，有個叫老王的人在台中賣西瓜。瓜賣久了，老王難免會染上「老王賣瓜，自賣自誇」的習慣，總是說自己的瓜兒甜，你要是嫌他的瓜，他就非得跟你抬槓一番不可。

老王的西瓜田就在馬路邊，那兒有棵高大的鳳凰樹，老王平常就在樹蔭下賣瓜。他的瓜田中央有一口從不乾涸的水井，讓老王不必煩惱瓜田灌溉的問題。原來，這口井的背後有著一個古怪的故事：

老王瓜攤旁那棵鳳凰樹非常粗大，樹頭還有一個裝滿水的樹洞。每天老王賣完瓜後，總是在這個樹洞洗洗手再回家。有一天，老王不小心掉了一塊瓜肉到水窟裡，突然一隻小紅魚衝出水面，咬走那塊瓜肉！

「哇，這太奇怪了！」老王吃了一驚：「怎麼會有條魚住在樹洞裡？」

「對啊，住這裡真的很怪吧！」一條紅魚從水中冒了出來，對著老王說話。

「什麼，魚也會講人話？」老王大叫出聲，他簡直無法相信自己所聽、所看到的！

「說話沒什麼了不起。」紅魚說：「我本事可大呢！你把我丟進你田裡的水井中，等你有麻煩事的時候，我就可以幫你大忙。」

懷著半信半疑，老王把小紅魚放入自家的古井中，再帶著忐忑的心情回家：「把一隻古怪的紅魚養在自己的井中，會不會出什麼問題？」

後來有一回，天氣乾旱無雨，田裡的瓜株就要枯死了，老王想起那條魚。他跑到井邊，叫著：「紅魚、紅魚！你在哪呀？」

那條紅魚出現了，而且比起以前要大上許多！老王把自己的困難對紅魚說了。紅魚回答：「小問題！我馬上幫你解決。」

紅魚鑽回水中，接著一大股的水流湧過井口，把全部的瓜田都灌足了水，才停了下來。

還有一次。大雨下個不停，把所有的瓜田都淹沒了，老王只好再去找紅魚。紅魚又說了：「這個簡

單！」接著只見瓜田中的積水像長了腳一樣，全跑向井口，爬過矮矮的井緣，再灌入井底，直到全部的積水都消退了才停止。老王驚訝得說不出話來！他一則高興，但也感到害怕。他搞不清楚在自己的水井中，究竟養了一隻什麼樣的東西？所以他從來不把這祕密告訴別人，而且再也不敢去找紅魚。

可是，總會有事情發生。

有一天日近黃昏，老王像平常一樣在瓜攤賣著瓜。但今天生意不好，老王有點著急，他不停的向著路口張望，但卻沒見半個人影。直到路頭都起了一點薄霧，才看見有人從遠方走來。老王充滿期待的睜大眼睛看仔細，卻著實的吃了一驚，他從來沒看過這樣的人物！

那是一個眼圓睜、髮直豎的高大粗漢。他腰上紮了一條大鐵鍊，鍊上則插著一柄大斧頭。他手裡還牽著一頭大白牛，這牛的身軀簡直就像一座小山！大漢的身邊還跟著一位樸實的農婦，她肩上背著一條彩繩，繩下方掛著一把嬌小的鋤頭。

「買西瓜噢！」看了這麼古怪的組合，老王其實有點害怕，可是他鼓起勇氣對著他們喊著：「來買全世界最甜的西瓜，全世界最香的西瓜噢！」

那大漢原本不理會老王，可是聽老王說他的瓜是全世界最香甜的，就不太服氣了。他轉過頭、大眼圓睜盯著老王，大聲質問：「你的西瓜是天下最甜的？」

老王可不甘示弱：「那當然！」

大漢往前一步逼問：「你的西瓜是天下最香的？」

老王也很大聲回答：「這還用說嗎？」

這一來可惹毛了粗漢。他糾住了老王的衣領，齜牙咧嘴的說：「你別吹牛，騙不了人的！」

老王賣慣了西瓜，嘴上功夫早就爐火純青。他毫不畏懼、連珠炮似的回嘴：「我這瓜甜得像蜜，一切開連蜜蜂和蝴蝶都會被吸引來！」

大漢真的火了。他把老王推倒在地上，抽出腰際大斧往前一揮，老王那堆西瓜立刻開腸剖肚，碎爛成一灘紅泥！大漢吼道：「明天這個時候，如果你真的把最香甜的西瓜帶來，那連同今天砸爛的西瓜我統統賠。要不然我就用斧頭把你的腦袋當西瓜來劈！」說完，這一夥古怪的人牛丟下老王，消失在路的另一頭。

老王呆坐在地上，他開始後悔自己逞一時口舌，去惹上了這凶神惡煞！現在要去那裡找來會招引蜜蜂或蝴蝶的西瓜？老王只好硬著頭皮又去找紅魚，他對著水井呼叫，一陣嘩啦水聲，一個巨大的魚頭浮出水面！

「天啊！」老王不禁叫了出來。一陣子不見，那紅魚變得更大！老王把自己的遭遇告訴紅魚。

這回紅魚想了一下，然後問老王說：「你說的大漢是不是腰上別了一把大斧？農婦是不是帶著一柄小鋤？」

「咦！你說的一點都不錯呀！」老王回答，但心中卻納悶：這隻魚怎麼對這些人知道得這麼清楚？

「那好！」紅魚說：「明天你來，我會把神瓜交給你。但是你要跟他們打賭，如果你沒瓜，只好讓他砍頭。但是如果你可以拿出這些稀奇的瓜來，那他們每人應該要輸你一件東西。」

老王問：「我要跟他們賭什麼東西呢？」

「跟那個大漢賭腰上的斧頭，跟農婦賭小鋤頭。」紅魚說：「然後把斧頭和鋤頭丟入水井中，那就大功告成了。」

這時天已黑了，老王匆匆忙忙趕回家。好不容易熬過一個晚上，第二天又回到水井邊，沒多久，那紅魚果真依約出現了。首先，紅魚送來一顆綠色的大瓜，接著帶來一個鮮黃的長瓜，最後則是一粒帶著瓜藤的淺藍色圓瓜。

「你切開這顆綠瓜，就有蜜汁流出來。這樣，就能把粗漢的斧頭贏來。」紅魚說：「你切開黃瓜，就會飄出玫瑰花香。這樣，那農婦只好乖乖的交出鋤頭。至於這顆神祕的藍瓜就算是禮物，把這瓜掛在牛角上，讓他們帶回家吧！」

老王記住紅魚交代的話，就趕忙帶著這些瓜寶貝到瓜攤。到了黃昏時刻，同樣裝扮的兩人一牛真的從路的那頭走了過來。

「你的瓜帶來了嗎？」大漢下馬威似的發出如雷嗓音，把大家都嚇一大跳。

「那當然，」老王強忍著驚嚇，高聲回應：「保證讓你們大開眼界，口服心服！」

「那還等什麼？」粗漢又嗆聲：「趕快拿出來！」

「等一下！」老王也硬起嘴來：「我們來打個賭，這樣才公平。就用我的項上人頭，賭你們的大斧和小鋤。如果我的瓜甜如蜜，那就贏來你的斧頭；如果我的瓜比花香，她的小鋤頭就歸我！」

大漢是血性之人，哪會服輸？也不曾思索自己會不會一敗塗地？他嚷著：「就這麼說定！」

「這就是甜如蜜的瓜！」老王口舌發乾，雙手顫抖。他拿起那顆綠瓜擺在瓜攤上，一刀向瓜身切下。剖開的綠瓜流出令人無法置信的濃黏黃汁液，難道這是蜜嗎？這時，四周飛來許多蜜蜂，全都停在瓜肉上拚命吸吮，把整顆瓜都蓋滿了。

大漢臉色一陣鐵青，隨後他大叫：「好了，把世界最香的西瓜拿來！」

老王的手不抖了。他拿過來那顆黃色長瓜，在眾人面前順手一刀剖下。

「哇，好香噢！」只見瓜肉流出一股香汁，四周的空氣立刻充滿了芬芳的玫瑰花香。連周遭許多蝴蝶都飛了過來，都停在黃瓜肉上不走了。

粗漢像是鬥敗了的公雞、面色慘白！但他是個守信的人，他慢慢抽出自己腰際的大斧，擺在瓜攤上。另外，也向農婦要了小鋤，擺在斧頭的旁邊，然後轉身，牽著白牛準備離開。

「等一下，」老王拿起那顆藍色的圓瓜掛在白牛的角上，愉快的說：「這是免費贈送的！」

沮喪的大漢任憑老王把瓜掛在牛角，然後默默的走向路的另一頭。老王擊敗了凶惡的對手，也挽救了自己的生命，簡直高興極了！他把大斧和小鋤都丟進水井，然後才開開心心的回家。

然而，就在當天深夜，台中的地牛猛力翻身，一陣可怕的搖晃後，海邊的土地向上隆起，阻斷了大甲溪和大肚溪出海。河水往後倒流，直接灌回四周原本的平地與林野，當地的人畜只能倉皇逃往高處。最後，整個台中地區全淹在汪洋大水之下，成了一個碩大無比的台中湖！

時光飛逝，台中地形丕變後的數十年，頭髮花白的老王還是在大鳳凰樹下賣瓜。西瓜田沒了以後，他改在湖邊搭棚種絲瓜。有了湖水灌溉，加上老王很會照料，他的絲瓜架上經常是結實累累。老王在樹下搭個小吃攤，賣起生瓜和各種熟瓜食，有時候生意還不錯呢！

今天，瓜攤暫時沒客人。老王往馬路張望，看到路口遠處有人往這裡過來。等老王伸長脖子看仔細，他馬上從竹椅上跌了下來！眼前來的，不是粗漢、農婦和大白牛那還會是誰？

「還記得我吧？」大漢坐了下來並對著老王說話，農婦也跟著坐在一旁。面前的大漢除了高大粗壯如昔，但是精神卻委頓了許多！一旁的農婦容貌也顯得蒼老，似乎在憂愁某事？

「當年你那些神奇的瓜是打哪裡來的？」大漢問道：「怎麼知道要跟我們賭大斧和小鋤？」

老王趕忙把如何遇上樹洞中的怪魚，到最後把大斧和小鋤丟入水井等等過程，無一遺漏全說了。大漢靜靜的聽著，突然他用力拍了自己的膝頭，大叫：「我們都被利用了！」

「不瞞你說，」等大漢平靜下來，他就開始述說這段神奇的話：「我是大甲溪的河神，她是大肚溪的河娘，這隻牛則是台中的地牛。我的大斧叫開山斧，她的小鋤是闢地鋤，是我們用來鑿山闢路的利器。」

大漢繼續說：「那天你掛在白牛角上的那顆藍瓜，到了半夜就自行裂開，流出美酒香氣的瓜汁。白牛當場把藍瓜吃了，哪知那酒瓜十分強烈！地牛酒醉發癲，不停的翻滾，大地哪能承受這樣的搖盪？」

「沿海一帶的地面隆起，阻斷了我們出海的路徑。」大漢？噢不！大甲河神繼續說著：「當時如果開山斧和闢地鋤還在，只要用力一劈，就立刻可以開山移地打出通路。」

聽到這裡老王呆住了！他現在才知道，原來台中這場驚天動地的大災禍，全是他一個人闖出來的！

河神說：「原來這一切都是那隻紅魚精心策劃的陰謀！」

老王問：「這隻紅魚會是什麼呢？」

「我小的時候祖先就曾交代過，水中有一種叫鯉魚精的陰狠邪魔，叫我們要特別小心。」大肚溪河娘跟著說：「鯉魚精很有耐心，生存的地方水少時，牠可以很小。

等水多的時候，又能變得很大，所以牠們一輩子都在為自己創造更大的水域！我想，紅魚一定是隻惡毒的鯉魚精。」

「這隻魔魚知道我們是河神和地牛，牠不動聲色，但立刻啟動陰謀。先把大斧和神鋤奪去，再來操弄地牛，整個台中最後就變成牠的淡水王國了。」河神接著問：「你還記得水井的位置嗎？」

老王說：「瓜田都淹在水裡，認不出來了，但我記得大約在離這棵鳳凰樹百尺的地方。」

「現在只有你知道水井的位置，」河神解下自己腰上那條鐵鍊，掛在白牛的右角上。另外也把河娘的那條彩繩，紮在牛的左角，然後對老王說：「就請你騎上白牛，帶牛游到水井那裡，再把鐵鍊和彩繩的另一頭丟下水井，就有機會收回大斧和神鋤。」

老王嚇壞了，但他想到這整件禍事都是他引起的，當下也就鼓起勇氣，準備拚命一搏。

「等一下！」河娘說：「紅魚從小就非常愛吃瓜，現在把所有的絲瓜都摘過來吧！」

老王連忙動手摘瓜，沒一會兒，鳳凰樹下的絲瓜已經堆積如同小山。河娘站到瓜堆前面，開始把絲瓜丟向湖中。這時老王才看到河娘的神力！只見農婦的雙手飛轉，一顆顆的絲瓜像子彈般疾射到一里外的湖面，才落入水中。這時湖上一陣巨響，水面湧起一股浪牆，朝絲瓜落水處疾衝而去，顯然水下那條魚精正搶著要去吃瓜！

「趁這個時候，快！」河神趕著白牛下水，白牛奮力游到老王指示的地點。老王連忙把鐵鍊和彩繩垂下水底。

就在白牛和老王仍在拚命摸索井口時，遠方的水面突然噴起一丈高的水浪，浪中央有個血盆大嘴，夾著駭人的波浪聲向白牛和老王直撲而來！原來魚怪一下子就吃完河娘拋出的絲瓜，回頭趕來對付白牛和老王！

牛背上的老王顧不得向自己蓋頂而來的巨浪和水壓，仍舊奮不顧身向著水中搜索。突然間「咔！」的一聲，鐵鍊和花繩同時繃緊，好似另一頭已經綁上斧、鋤兩件神器！白牛馬上轉身，全力向岸邊游去。但是這時可怕的巨嘴已經追到身後，一口咬住了白牛的屁股！

「糟了！」岸上的大甲河神著急大叫！他立刻彎下腰身，雙臂緊抱著那棵粗大的鳳凰樹，狂吼一聲，把整株大樹連根拔起、高舉過頭，然後奮力向魚怪猛擲過去。大鳳凰樹如火箭般越過天際，不偏不倚的砸中紅魚的頭！魚精嚇了一跳，嘴巴突然鬆開，白牛用力一挺，帶著老王再次奔向湖岸。鯉魚精被鳳凰樹開闊的枝葉絆住，一時脫不了身，待牠從張牙舞爪的枝幹中脫出，白牛、老王已到岸邊！魚精使盡全力前來攔截，眼看著拔空而至的巨嘴又要咬住白牛。哪知大魚精猛撲所激發的排山倒海巨浪，挾帶著驚人的聲勢，已早一步遮天蓋地的擊向湖岸，把仍在水中的白牛、老王，連同岸上的大漢、農婦及瓜攤、樹木等雜物一併凌空掃起，飛越馬路，落向另一邊的田野！等大夥從翻滾的暈眩中回神，他們已在離岸十尺外的一片泥濘的野地裡。白牛雙角上所綁的鐵鍊和彩繩尾端，都各自纏住了一件物品，仔細一瞧，那不是失散多年的「開天斧」和「闢地鋤」還會是什麼？

那天晚上老王已經忘了是怎樣回到家的。只記得到了半夜，幾聲天搖地動的巨響，靠近海邊隆起的那條台地的北端和南端，分別被鑿開一個大切口，使原本聚積在「台中大湖」中的湖水，分別由北、南兩端切口越山而過，奔流入海。那裡也就成了往後台中盆地北端大甲溪，以及南端大肚溪的出海口了。

第二天大家發現，原本的湖水都流光了。有一條巨大的紅色鯉魚仰身擱淺在海岸台地，早已氣絕不動！這條肚子朝天的紅魚後來就變成了現在台中西側有名的「大肚山」。至於當時的老王後來也不賣瓜，他大概是了悟了人生，雲遊四海去了。

——本文榮獲二〇一六年台中文學獎童話類佳作

編委的話

● **徐弘軒**

這篇故事使用「民間故事」方式來寫「大肚山」這個景觀我覺得很有趣。故事裡的小紅魚，我原以為是善良的動物精，沒想到竟然是壞蛋！真出乎我意料之外。

● **陳品禎**

故事的開頭很常見，以為是魚幫了農夫，實際上是魚陷害農夫，情節整個大轉彎。我認為一開始老王太自大了，才會有後續的追逐戲。如果老王不那麼自以為是，就什麼都不會發生了。打鬥的場面，好像是在看動作片。

● **蔡銘恩**

這篇童話結合了位於台中市的大肚山樣貌，寫出了似民間故事又非民間故事的童話，作者文筆巧妙，把打鬥情景寫得栩栩如生，閱讀中似乎身如其境。有機會，我也想看看大肚山的真面目呢！

年獸也瘋狂 ／岑澎維

◎ 插畫／劉彤渲

作者簡介

台東大學兒童文學研究所畢業，現為國小教師。出版有《大家説孔子》系列、《找不到國小》系列、《成語小劇場》系列、《溼巴答王國》系列、《八卦森林》等等共三十餘本書，曾獲國語日報牧笛獎、文建會台灣文學獎等。

童話觀

寫作就像喝咖啡，初學者常覺得苦澀。上癮之後，便要追求品味；當它成為日常的一部分，那時但有就好。寫作成為日常的一部分，就不會局限一定要寫什麼，但有就好。筆還在動，就是快樂的事。

魔法家族裡，魔祖、魔爸、魔媽、魔一、魔二、魔三……，大家都姓「魔」，只有泰娜不姓魔，因為泰娜不會魔法。

不會魔法，不能姓魔。

「魔法」究竟是天生的，還是學來的，魔法家族裡，大家的看法都不一樣，魔家大部分都認為「魔法」是天生的。

但是魔祖爺爺卻不這麼想，魔法如果是天生的，十歲的泰娜怎麼還不會？

魔祖婆婆的看法又不一樣，她認為一半靠天生、一半靠養成。

魔三伸手點了一下洋蔥，洋蔥立刻抽出尾巴、變成一隻長尾公雞，喔喔喔的跳到院子裡。魔三看著自己的食指，他說魔法是天生的，他完全沒有學習。

泰娜沒有點石成金的手指，也沒有心想事成的念力，但是她乖乖在學校裡，好好的跟著老師學習。

「今天的功課一定要再練習，要讓這顆馬鈴薯長出尾巴，然後讓它變成老鼠。」

泰娜練習三個月了，馬鈴薯只長出長長的芽，根本沒有尾巴。

「這個簡單！」比泰娜年紀小的魔七示範給她看，一伸手就把功課作好。

泰娜忍不住結結巴巴的問老師：「這樣要多久的時間？」

老師耐心的告訴泰娜，一秒鐘的時間就夠！關鍵就是「專注」，專注的想著馬鈴薯長出尾巴的樣子，再專注的看著老鼠頭的部分，那裡冒出一對耳朵的時候，立刻伸出手指一點！這幾個步驟一氣呵成，全部的時間是一秒鐘。

老師講解得清清楚楚，泰娜聽得迷迷糊糊，馬鈴薯依舊是馬鈴薯，怎麼也變不成老鼠。

不論魔法到底是怎麼來的，泰娜就是不會魔法，大家都叫她「不會魔法的泰娜」。

家族裡只有魔祖爺爺對她有信心，他相信泰娜

有一天名字上會頂著「魔」家的姓，擁有魔家的法力。

魔祖爺爺仔細指導泰娜，這是一件重要的事，家族裡排行順序就靠這個，有能力把一個馬鈴薯變成一隻老鼠的時候，就能排行了。

魔法家族不依照出生的時間排順序，而是依照魔法出現的時間。

但是泰娜還是學不會魔法。

魔祖沒有放棄，雖然他也弄不清，是用食指還是五隻手指一起才靈，但魔祖爺爺、魔祖婆婆總是耐心的教泰娜做回家功課。

一年又來到尾聲，泰娜還是沒有辦法進排行。

過年了，人人忙著打掃的時候，魔家完全不忙，魔媽手指一點，到處清淨光潔。家家貼上防年獸的春聯時，魔爸一點不忙，他伸手一揮，門上就有一副春聯。

但事情總在不經意的時候發生，泰娜就是在這個夜裡，到後門去丟一包垃圾，被困在門外的。

泰娜永遠沒有辦法適應魔家的門，每個人都有穿梭自如的本領，但是泰娜不行，門一旦被反鎖，她就得等到有人幫她開門，才能進去。

平常還好，除夕這天可不妙。

一年出來一次的年獸，餓了三百六十四天的年獸，所有的人都害怕的年獸，就在這個節骨眼上出來了！

年獸出來了！一頭瘋狂褐色的鬃毛，像乾枯的野草；頭頂上黝黑的犄角，正像一段從醬油缸子裡撈出來的蘿蔔頭。他齜牙咧嘴、他耀武揚威、他囂張猖獗，他在深夜裡大聲的吼著：「都不敢出來了嗎？」

如果要說年獸和過去有什麼不一樣，應該就是臉上那副碧藍色的眼鏡。海一樣的碧藍和他一身的乾燥枯黃是很不相襯的，但年獸還是選了這色眼鏡。

年獸知道自己怕紅色，他也知道人們知道他怕紅，所以今年他有備而來，從碧藍色鏡片看去，紅色都變黑色啦！

「嘿嘿嘿，這樣我就不怕囉！」

年獸扶一扶眼鏡，再伸出舌頭，舔了舔又乾又皺的嘴唇。

「好餓啊！」年獸伸出手指來數支數支，看看今年先吃豬、吃人，還是先吃雞。

「數支數支數，吃豬、吃人、吃雞、吃豬、吃人——」好，先吃人！

一抬頭，年獸就看見門邊的泰娜。

「人！」今年真是順利呀！年獸快步奔向泰娜，他還想讓鬃毛飛揚，但不知怎麼的，鬃毛像魚刺一樣僵直。

「完了！」站在門外的泰娜也像魚刺一樣僵直，她從牆上的影子就知道，那頭猛獸正向她逼近。

「專注！」泰娜想起老師教她的，專注的看著要改造的物體。

於是泰娜回過頭，面對這個比自己大一倍的怪獸，她試著要把年獸變成一隻老鼠！

「專注的看著年獸的耳朵，等它變小！」泰娜想著魔咒。

一秒鐘，一秒鐘就夠了！泰娜伸出五隻手指，甩向年獸：「喝！」

其實一點效果也沒有，年獸還是年獸。

但是就在這一秒，看見泰娜伸手的那一秒，年獸「啊！」的一聲，嚇得回頭瘋狂

的跑。

「媽呀！」

年獸也不清楚，只知道在他伸手要抓泰娜的時候，泰娜變成一隻比自己還要大的年獸，張著大口要吞掉他！

就在回頭的剎那，那副碧藍眼鏡跌落地上，年獸連撿的時間都沒有，拔腿狂奔。

沒了眼鏡，年獸看見人們貼的春聯，而這個時候，鞭炮聲像山崩一樣來勢凶猛，嚇得他三步併兩步，趕緊逃回山上去。

半夜十二點的鐘聲一響，魔家聚在一起發

紅包，很久之後，魔祖婆婆手上還剩一個紅包，她關心的問：「泰娜睡了嗎？」

「還沒呢，剛才還叫她去丟一包垃圾呢！」

垃圾——魔媽的話才說完，心裡一涼，糟了，泰娜不會又被關在門外吧？這孩子，到現在還學不會魔法。看看時間，十二點過了，完了，啊——年獸！

魔媽衝到後門，把門打開，她往遠處看，還看到倉皇逃走的年獸呢！

「泰娜你是怎麼辦到的？」魔媽心疼的抱著泰娜。

這是怎麼回事？不會魔法的泰娜，怎麼能讓年獸逃得像在飛一樣。

泰娜自己也不明白。

不過，新的一年開始了，鞭炮聲四處爆開，魔媽要好好想想，怎麼把泰娜教會魔法。

——原載二〇一七年一月二十六～二十七日《國語日報・故事》

編委的話

●徐弘軒

故事裡最有趣的地方是對於戴了有色眼鏡的年獸的描寫，還有泰娜的魔法誤打誤撞趕走了年獸。我覺得人在危急的時候，總是能發揮自己未知的能力，這也是故事精彩的地方。

●陳品禎

魔法是西方，年獸是東方，一篇文章如果要東西合併，而且讀起來不會有一種奇怪的感覺，並不是件簡單的事情！我最喜歡年獸出來的那一段，因為作者讓年獸戴眼鏡的想法，添增了幽默感。在最後一刻要吃掉泰娜的氣氛讓我捏了把冷汗。

●蔡銘恩

年獸的故事相信大家都聽過，看完這篇故事，我心目中的年獸好像有了一點小改變，年獸似乎變得很好欺負了，裡頭的魔一、魔二、魔三……等等的名字很清楚而不複雜。

今天來泡童話湯！

亞平

許多大小朋友都喜歡看童話、賞童話；不過，有泡過童話湯嗎？想像一下吧，熱呼呼的溫泉湯、濃烈嗆鼻的硫磺味、水花溼潤的觸感、外加身心全然放鬆～然後是一個個童話人物登場了：大翅鯨、倔巫婆、河童先生、年獸、大野狼……是的，他們也來陪你泡湯了，一邊翻滾著，一邊訴說著可愛逗趣的故事。別被他們故事中的形象騙去了，小心，他們可調皮著呢，潑水、戲水樣樣來；如果你不認輸，想要來一場水中大戰，哈哈，完全奉陪！

心動了嗎？

今天，就來泡泡童話湯吧！

不過，泡湯之前，請先閱讀一下說明須知哦！

一、挖湯的人

今年非常高興和三位小主編：品禎、弘軒、銘恩，一起榮膺「挖湯的人」。

挖湯真辛苦，得要閱讀上百篇的童話作品，寫些心得，發表感想，才能夠挖選出心目中最純淨、最優質的湯脈。

一開始，我們是採用「讀書會」的方式，每個月一次，談談這個月中刊出的童話作品的好壞。慢慢的，小主編們對於好作品有了一定的共識，文類的判斷敏銳，好壞也有自己的標準，討論會便改成二個月或三個月一次，腦力激盪，評選出最佳童話來。

初期，入選的作品要必須四票通過才能選上；但是後期的文學獎作品中，共識不易，只要有三票同意票，就可進入優選區。

至於選評的標準，我們在期初也曾討論羅列了一些基本準則，如：文字流暢、有想像力、題材有新鮮度，好看有趣等；但是等看到一定的量後，發現這些原則全內化到直覺上去了，小主編還是會直接的以「喜歡與否」做為判斷的標準；這時，討論就是一個很好的方式，透過講述優缺點，可以清楚的理解小主編的判斷準則、思考理路、盲點，或者是否私心偏愛等。還不至於到劍拔弩張的程度，不過，反覆述說的狀況下，每個故事的重點被提出來了，被闡述了，被激盪了，語文的閱讀力、鑑賞力也就在這之中慢慢的提升了。

二、童話湯哪裡來？

相較於碳酸氫鈉泉、硫磺泉……等露頭開採不易，童話湯的來源可是十分簡易。只消打開兒童版的報章、雜誌，哈哈，就有一窪清淺可人的童話湯和你晶瑩照眼了。也許是深深的一泓，也許是淺淺的一盅，不管如何，在這出版大崩壞的時候，還能有童話湯泉湧出來，源源不絕，實屬不易！

今年童話湯的重要源頭有三：

1.報紙：《國語日報》107篇、《更生日報》11篇

2.雜誌：《未來兒童》12篇、《未來少年》8篇、《小典藏》1篇、《少年飛訊》12篇、《地球公民月刊》4篇、《兒童哲學》6篇。

3.文學獎：教育部文藝創作獎6篇、台中文學獎7篇、鍾肇政文學獎3篇、台南文學獎5篇。

合計182篇。

這樣的童話產值，和去年相較，算是持平表現；但如果把大環境的條件算進去，我以為這樣的數字是可喜的；畢竟，這些作品是第一線的產出，它們的刊登與閱讀代表著有被持續看見的可能；當然，對創作者的鼓勵更是不言而喻——舞台越大，上台的人越多，能

進入第二線的出版機會也將更大。

三、童話湯成分分析懶人包

1.創作題材的多樣性：

基本款的「動物系列」：小松鼠蜘蛛蝙蝠無尾熊小舞猴蝸牛小蚱蜢小金龜歐巴虎等；入門款的「人物系列」：大小和尚唬姑婆河童先生機器人公主王子等；經典款的「魔法系列」：魔女巫婆精靈妖精等；限量款的「無生物系列」：文字小綠人圓規算盤等；這些題材，都沒有缺席。

其中，我覺得難能可貴的是：超值款「海洋系列」：大翅鯨、鯨鯊、美人魚等。海洋生物受限於海洋，角色的開展不如「動物系列」來得揮灑自如，要寫得好，不容易；但今年，光是以「大翅鯨」為主角的童話就有兩篇，兩篇都在水準之上，融合「生態知識」和「想像趣味」於一爐，是今年最為超值推薦。

2.科幻作品增多：

科幻作品以「想像力」為沃土，一直是童話／少年小說亟待耕耘的場域。今年的科幻作品就有十篇：《國語日報》三篇，《未來少年》一篇、《地球公民月刊》四篇、《小典藏》雜誌一篇、文學獎一篇。其中，機器人的題材更多達四篇。這些作品雖沒有全被選入年度童話選中，但看得出來創作者對「機器人」、「未來」題材的喜愛；科幻作品的增多，也為童話品類擴大版圖，更新閱讀經驗。

3.從童話看社會縮影：

社會性議題一向較難融入童話品類；但今年的作品中，有幾篇關切了社會現狀：〈便利之門〉探討便利店v.s家庭功能、〈忘了魔法的巫師〉探討老人失智、〈三隻大野狼的真實故事〉呼應關懷老人議題、〈達爾文蒼蠅〉、〈宅神地基主的願望〉倡言環保等。這些主題在童話外衣的包裝下，既有趣味性，也關切到重點，更重要的是，它們穩健的將兒童的目光從想像面拉到現實面，為日後的社會議題關注，鋪下椿石。

4.系列童話表現搶眼：

短篇童話（一千三百字）不好寫；長篇童話（五千字以上）也不好寫。今年有一些創作者，利用定期連載的方式，成功的打造了系列童話，既有短篇童話的精巧，又有長篇童話的豐富多元，好幾篇都在我們複選的名單中。不過，囿於每位創作者只能選一篇的規定，只能忍痛割愛，但不吝推荐如下：王蔚的〈巫婆〉系列、林世仁的〈大和尚小和尚〉系列、〈字的童話〉系列、岑澎維的〈不會魔法的泰娜〉系列、姜子安的〈半仙媽與機器人孫〉系列。

5.文學獎作品表現亮眼：

相較於報紙和雜誌上童話作品偏向「甜」口味，文學獎的童話作品則屬於「綜合」口味。它們的主題明顯，情節設計感比較強，藝術性完整。在篩選的過程中，大小主編都感到為難。不過，童話本身就蘊含了非常多的「可能性」，越能開發童話的「可能性」，越能看出童話的深邃內涵。今年，教育部文藝創作獎的童話作品表現最為突出，好看又有趣，六篇中就選了三篇，水準齊整。

6.遺珠之憾：

有篩選，就會有遺珠。「堅持」和「妥協」是身為編選者最感為難的一件事，因為要放棄自己心儀的作品，實在很痛苦。為了讓心中不會有遺憾，藉這小小的篇幅條列一下心中的遺珠作品；當然，也希望作者們能繼續努力，明年，化遺珠的遺憾為珍珠的喜悅。

〈賣仙女棒的小女孩〉——平淡中見淳厚；〈我要大睡三百天〉——把「賴」寫進童話裡，有現代感；〈無尾熊找紙飛機〉——每一節車廂都充滿著想像力；〈圓規仙子〉——溫暖有情、〈算盤法拉利〉——老東西新撞擊、〈唬姑婆的故事〉——小男孩的思維、機智可愛。

7.年度童話獎

今年的年度童話獎，戰況膠著，是〈沒鰭〉和〈便利之門〉的一對一殊死戰。

前者寫大翅鯨的故事，完美的將大翅鯨生態習性融入故事中而不枯燥生澀；筆法含蓄蘊藉，故事活潑有趣，波瀾壯闊、格局宏大。故事中看得到主角的歷練和成長，而〈沒鰭〉究竟是好人、壞人的選擇題更帶給讀者們深思。

後者寫的是現代童話，主要探討的是便利店林立的社會現狀和家庭功能的失衡。全文洋溢著黑色幽默，互文形式看得出作者的用心巧思，節奏明快，筆法銳利，有科幻的趣味，有古典的深情。故事的主題表達了孩子們對愛永遠的需求和渴望。

最後的決選結果，三票對一票，〈沒鰭〉勝出。

非常開心，在歷年來的年度童話獎作品中，唯一的一篇海洋題材——〈沒鰭〉大氣又從容的游進了童話史中；更恭喜素宜老師，戮力耕耘童書領域多年，不管是在兒童散文、童話、少年小說中，都有出色的代表作，且寫作題材一再更新，挑戰自己，也挑戰潮流，榮獲年度童話作家，實至名歸。

8.向作者致意：

泡湯愜意，調配湯方的人可辛苦著呢！

成名的大家，維持著一定的創作水準；文學獎新秀，有著亮眼表現；而在這之間勤奮努力，一篇一篇慢慢累積作品的作家們，更是不可以忽視：王家珍、劉碧玲、施養慧、黃文輝、王宇清、顏志豪、陳昇群、蘇善、林加春等，很可惜，一步之距、未能選入佳作；希望明年還有機會，試試你們精心調配的絕妙好湯！

四、來來來，泡湯囉！

今年的童話湯共有五種湯方，任君選擇：

1.星際忽嚕嚕湯：在湯池裡丟星球、轉天使、玩任意門，穿梭時空，任意暢快。

2.海洋攬一攬湯：整個海洋就是你的湯池，所以，大翅鯨游來時，請讓讓。
3.青蛙噗通一聲湯：青蛙專屬的湯池，小而美，但餘韻悠長。
4.眼淚池子湯：一邊泡，一邊流眼淚。不是因為熱氣逼人，是太感人了。
5.不老湯：不老的題材，不老的人物，泡過之後，心也不老。

★泡湯注意事項：

空腹不泡湯。

泡後三十分鐘，一定要起來動動手腳，轉轉眼睛。

泡完多喝水。

好湯，歡迎呼朋引伴，奔相走告。

童話，美麗的寶石！

徐弘軒

為了養成我和哥哥的閱讀習慣，從小媽媽就會要求我們，每天早上吃早餐時，都要閱讀《國語日報》。我喜歡看《國語日報》的漫畫版、兒童園地，還有童話版。後來我偏好閱讀超寫實的科幻故事及有趣的童話。我覺得童話是一個虛幻的世界，在童話的世界裡，我可以是擁有超能力的天神，也可以會說話的小動物，還有可能是擁有魔法的巫婆。在我心中，童話像寶石一樣，悲傷的童話像藍寶石，活潑熱情的童話像紅寶石，神祕帶點恐怖的童話像黑曜石，給人力量的童話像黃金一樣閃耀，充滿正義的童話像鑽石一樣明亮。

我心目中的好童話要能有扣人心弦、趣味性高、具有想像力的特質，而且讀者讀完後能留下深刻的印象，最重要的是會讓人想一看再看都不會膩。我覺得趣味性最高的李治娟老師寫的〈三隻大野狼的真實故事〉，這篇故事是改寫三隻小豬、七隻小羊、小紅帽與大野狼的故事，把這些故事融入了現代的生活中，給人耳目一新的感受，也讓我思考到現代生活中需要注意的一些議題。作者運用有趣、詼諧的手法來書寫，看完之後不禁讓我會心一笑。

最有深度的是子魚老師的〈哲學家〉，故事裡提到的人生的啟示，一個是永不放棄；一個是換種方式去做，給了我一種啟發，原來大自然真是我們最棒的老師，而且千萬不能小看自己。

最特別的是〈鑽石星〉，四人接力完成的童話故事，卻能一氣呵成，十分流暢。故事帶點科幻的寫法，是我最喜歡的部分。

謝謝亞平老師和媽媽給我機會擔任童話小主編，讓我可以閱讀到這麼多的童話故事，謝謝和我一起討論童話故事的另外兩位小主編，雖然一開始總是意見紛歧，最後總是能達成共識，也讓我學習到了從不同的角度去看童話。

這一年來我閱讀了許多不同類型的童話故事，有的讓我捧腹大笑，有的讓我流下眼淚，有的給我溫馨的感覺，有的給我無限的省思。透過這次小主編的活動，提升了我閱讀童話的功力，讓我不再只是隨意瀏覽、打發時間，而是深深的去體會，感受童話故事帶給我的美妙。

剎那的靈感，動人的童話！

陳品禎

從小我就愛看書，到了小學四年級，開始喜歡閱讀少年小說，因為它的字數較多，故事情節更生動細膩。但這一整年下來，接觸了大量的童話，卻讓我改觀了。童話，是所有故事、小說的基底，尤其是奇幻小說。童話的字數雖然較少，卻更簡潔有力，因此，童話的魅力是不容小覷的。

在選評作品時，我會先看內容有沒有趣味性、情節老不老套，這對我來說很重要。如果趣味性低，那就稱不上是童話了；童話可以呈現作家天馬行空的奇思妙想，越離奇就越有趣。若是題材不新穎，就會讓我的興致大打折扣。接著是用詞與感受度，如果文章用詞優雅有深度，讀起來就會賞心悅目；但是若用詞較平淡無奇，我看了就毫無喜悅之情。我認為看作品時的感覺和作者的用詞習習相關，令我感覺溫馨、愉悅的作品，我會一而再、再而三的閱讀。最後，讀完作品後，能帶給我省思的、使我動腦思考的，或是能增加我知識的作品，我更會極力推薦。

在所有的故事中，我最喜歡的兩篇是〈便利之門〉和〈沒鰭〉。〈便利之門〉讓我意識到我有多麼依賴便利商店，因為我常一放學就往便利商店跑，還希望早、晚餐都能在便利商店解決，有時甚至會因為媽媽拒絕我的要求而擺臉色給她看。〈便利之門〉讓我慢慢覺察了這種狀態，讓我知道為了這種事而惹媽媽生氣，根本不值得！我最近已慢慢遠離了便利商店的誘惑。〈沒鰭〉是篇能讓人深思的好文章。人類為了自己的利益而殺害動物，使得許多動物瀕臨絕種，需要加強保育的動物越來越多，大翅鯨就是其中之一。假如，某天在世界上再也見不到大翅鯨的蹤影，是該怪誰呢？吃魚翅、魚肉的人？獵殺大翅鯨的漁夫？還是視而不見的我們？大家應該要避免吃像魚翅這類的食材，給牠們留條活路，才能讓寶貴的生命生生不息的繁衍下去。

從評選童話的過程中，我不僅增加了想像力，更學習到許多獨樹一格的寫作技巧，最重要的是讓我享受無盡的閱讀樂趣，使我樂在其中呢！這個特別的經驗，使我獲益匪淺。當小主編令我對童話的鑑賞力增加，以後也能推薦好童話給別人閱讀。

我很佩服作家們能抓住剎那的靈感，寫出動人心弦的故事。以我自己寫作文的經驗是當靈感來敲門時，我渾然不知；當靈感離開時，我才懊悔不已。如果我將來想當個好作家，一定要再多多觀摩，多多努力！

千變萬化的萬花筒

蔡銘恩

童話，有如萬花筒，千變萬化，也是一個充滿想像的世界。在一個偶然的機會下，很榮幸能成為小主編，這是我第一次在一年中吸收了這麼多童話，我喜歡讀童話的原因，是因為它可以在一定的範圍內，不必跟著邏輯走，也能顛覆對某種事物的刻板印象，展現出現實中的另一面。

每當我讀完童話時，我會對附近的東西感到充滿著生命力，以下是我認為童話應該具備的一些條件：

一、不可以太過於學術。

二、劇情不可以太容易被猜到。

三、可以與傳統童話一併結合，如〈便利之門〉。

四、可以在情節中加入一些問題給讀者們思考。

當然，遠遠不只這些，我相信好的童話，大人、小孩皆愛讀，大人不會感到很幼稚，小孩也不會覺得太深奧，文章的內涵也是很重要的，最後，可以加入作者想對讀者表達的含意。

在這次的童話選裡，我最喜歡許姿閔的〈便利之門〉，她的寫法我覺得很特別，這篇童話與眾人皆知的《糖果屋》做結合，並以同步的方式，描寫出童話的來龍去脈，裡頭的人物我也覺得塑造得很好，這裡的巫婆我覺得很有趣，她似乎也隨著時代走，便利商店的巫婆，並非是指甲尖尖長長，或是騎著掃帚的，而是穿著商店制服，站在櫃檯前為客人服務，雖然樣子不太像巫婆，卻也完美的詮釋了這個角色，到了最後，又對讀者傳達了家是一個不可取代的地方……

在選出這次的年度童話獎之前，〈沒鰭〉和〈便利之門〉一直在我心裡舉棋不定，雖然最後我選擇了〈便利之門〉，但因為其他主編都選擇了〈沒鰭〉，最後，也恭喜年度童話獎由〈沒鰭〉獲得。

在擔任小主編期間，我學習了很多能力，不論是鑑賞能力還是寫作能力，都有明顯進步，當然，更要感謝老師以及其他兩位小主編。

一〇六年童話紀事

◎陳玉金

一月

● 三至二十二日，國立台灣圖書館雙和藝廊展出「波特女士誕辰一五〇周年巡迴展——走入小兔彼得的世界」。

● 十一日，繼二〇一六年一月首度發行一至六冊的《台灣兒童文學叢書》，國立台灣文學館在二〇一七年與小魯文化共同出版本叢書的七至十冊為林立、劉興欽、黃基博及林煥彰四位資深兒童文學作家作品：《兩個衛兵》、《動物越野大賽》、《跟太陽玩》、《紅色小火車》等，前兩冊為童話集，後兩冊為童詩集，同時與台灣首部兒童文學作家全集《林鍾隆全集》於台北齊東詩舍聯合舉辦新書發表記者會。與會者有國立台灣文學館廖振富館長，作家學者：林立、劉興欽、林煥彰、林文寶、楊茂秀、陳正治、曹俊彥、傅林統、洪文瓊、謝鴻文等人，林鍾隆家屬。

●二十一至三月五日，桃園展演中心展出「桃園插畫大展——亞洲崛起」。展出二五〇位來自不同國家插畫家的作品。展區結合動畫、電影、實境展示等。

●王文華著、BO2圖，《王文華說節日童話：熊大偉的南瓜面具》由康軒出版。

●王文華著、陳志鴻圖，《王文華說節日童話：湯圓小仙有辦法》由康軒出版。

●林立著、廖書荻圖，《兩個衛兵》由小魯文化出版。

●李光福著、徐建國圖，《聖誕老婆婆》由小兵出版。

●陳碏著、法蘭克圖，《記得》由小兵出版。

●劉興欽，《動物越野大賽：漫話十二生肖》由小魯文化出版。

二月

●八至十三日，台北國際書展在台北世貿舉行。一館「我們的閱讀時光」展覽，以呈現一九五〇年以後的台灣閱讀風貌及演變為主。

●十日，第二十五屆台北國際書展「二〇一七圖書館論壇——出版社與圖書館攜手共創閱讀新視野」，分別就議題一「出版社／書店推廣閱讀．振興出版」與議題二「圖書館活化閱讀．活絡出版」由各界代表發表論點，其中出版社代表，沙永玲談「中小學新生閱讀推廣計畫：兩岸三地狀況的觀察」。

●十四日，二〇一七年義大利波隆那兒童書展「台灣圖像森林主題館出版社區與插畫家區」參展評選結果公布，總計選出十一家出版社、四十一本書，評審在務實考量下，入選類型以最具有跨文化實力的圖畫書、圖文書為主。

●二十四至四月二十六日，《波隆納世界插畫大展》五十週年巡展於華山展出，包含台灣插畫家入圍者九子（黃鈴馨）、陳又凌、鄒駿昇、王書曼、黃雅玲、吳欣芷及黃郁欽等人作品。

●林哲璋著、BO2圖，《用點心學校8：包在我身上》由小天下出版。

●亞平著、李小逸圖，《貓卡卡的裁縫店》由小天下出版。

●鄒敦怜著、阿加圖，《棕熊先生出任務》由小螢火蟲出版。

三月

●十日，九歌出版社主辦「九歌一〇五年度文選」得主揭曉，於台北市紀州庵文學森林舉行新書發表會暨贈獎典禮，其中童話獎由賴曉珍〈紙男孩〉獲得。《九歌一〇五年童話選》由王淑芬主編以及三位兒童編輯林咨邑、莊蕙瑄、劉奕萱共同參與編選，除了童話獎賴曉珍的作品之外，收錄：陳昇群、曾佩玉、姜子安、劉保法、任小霞、蘇善、林佳儒、王文華、周姚萍、周銳、黃文輝、傅林統、鄭宗弦、陳志和、林佳樺、黃培欽、林世仁、林纓、王昭偉、岑澎維、王喻等人的作品，並收錄謝鴻文整理一〇五年童話紀事。

● 王文華著、麻三斤圖，《第二隻夜鶯》由小螢火蟲出版。

● 管家琪著、蔡嘉驊圖，《猴子裁縫的絕活》由幼獅文化出版。

● 游珮芸總編輯，《竹蜻蜓·兒少文學與文化》第三期「原住民兒童文學新視界」，由國立台東大學兒童文學研究所出版。

四月

● 三至六日，義大利波隆那兒童書展舉行，鄒駿昇《禮物》榮獲二〇一七年拉加茲童書獎「藝術類」評審特別推薦獎殊榮。插畫家鄧彧〈回家〉與吳睿哲〈牧羊人說再見〉入選波隆那插畫展。台北書展基金會邀請藝術家鄒駿昇擔任策展人，以「台灣繪本美術館」概念，由三十位創作者一三六件作品、十八家出版社六十一本具有原創精神的繪本出版品，在「台灣繪本美術館」展出。

●十五日，第二十九屆信誼幼兒文學獎舉行頒獎典禮，總計收到三四五件作品，初審評委選出三十五件入圍，包含圖畫書創作獎二十件，圖畫書文字創作獎十五件，決審評委選出三件《月亮想睡覺》、《等等》、《討厭王子》獲得圖畫書創作佳作獎，《我不喜歡下雨》為圖畫書文字創作唯一佳作獎。

●二十二日，「好書大家讀」二〇一六年度最佳少年兒童讀物得獎好書舉行頒獎典禮。評審委員從七十、七十一兩梯次由出版社參選總計一八二六冊：知識性讀四五九冊、文學讀物六一六冊、圖畫書及幼兒讀物七五一冊。選出四三四冊好書推薦，再由兩梯次好書選出年度最佳少年兒童讀物：文學讀物A組（單冊）得獎十六冊、文學讀物B組（單冊）得獎三十二冊、知識性讀物組（單冊）得獎二十四冊、圖畫書及幼兒讀物組（單冊）得獎四十六冊。總計一一八冊年度最佳少年兒童讀物。文學A組包含小說類，文學B組分為「詩與韻文」、「故事」兩大類，「童話」被歸類在「故事」類。

●台南二〇一七「優質本土兒童文學書籍徵選」入選書單，選出七十五冊，其中童話類共十一冊：鄭宗弦著、許珮淨繪《快樂點心人：喜歡你》，張嘉驊著、黃祈嘉繪《恐龍阿瓜和他的大尾巴》，管家琪著、張霸子繪《收集膽小鬼》，林滿秋著、徐銘宏繪《星空下的奇幻旅程：蜥蜴女孩&羊駝男孩》，王文華著、黃祈嘉繪《第100棟大樓》，黃郁文著、江蕙如繪《雪地和雪泥》，劉思源著、嚴凱信繪《大熊醫生粉絲團》，蔡聖華著、崔麗君繪《披風送來的禮物》，陳昇群著、康宗仰繪《五毛財神駕到》，林立著、廖書荻繪《兩個衛兵》，劉興欽《動物越野大賽——漫話十二生肖》。

●二十八日，第十三屆林君鴻兒童文學獎獲獎公布，第一名鄒宛臻〈有人要買這隻貓嗎？〉、第二名張逸凱〈櫻桃與桃子〉、第三名賴相儒〈天空中的魚〉。

●王文華著、黃祈嘉圖，《大象亮亮》由小天下出版。

●林世仁著、川貝母圖，《不可思議先生故事集》由親子天下出版。

五月

●十九日，由科技部人文社會科學研究中心、國立台東大學兒童文學研究所、國立台北教育大學兒童英語教育學系共同主辦的「兒童文學的跨界應用」於台北教育大學舉行，透過兒童文學的歷史發展與延伸應用、兒童文學研究現況等專題演講，以及以「繪本」為主題的跨領域應用，專家至現場展出相關書籍並回應與會者的提問和綜合座談共同討論。

●二十七日，文訊雜誌社主辦《月光光》詩刊座談會於紀州庵文學森林舉行，與會座談者：林煥彰、林武憲、陳正治、傅林統、謝鴻文。

●桃園市桃園兒童文學獎揭曉，童話故事組：第一名李光福〈後宮真煩傳〉、第二名曾若怡〈奇奇變聲記〉、第三名陳志和〈不及格土地公〉。

●王文華著、陳虹伃圖，《戲台上的大將軍》由小天下出版。

●花格子著、劉宗銘圖，《香噴噴大道》由四也出版。

●周姚萍著，《詞在有意思1：露馬腳，皇后不能說的祕密！》由五南出版。

●鄭宗弦著、諾維拉圖，《穿越故宮大冒險2：肉形石的召喚》由小天下出版。

六月

●九日，文化部公布第四十一屆金鼎獎得獎名單：圖書類出版獎：兒童及少年圖書獎：劉旭恭《你看看你，把這裡弄得這麼亂！》、張文亮著、蔡兆倫圖《有誰聽到座頭鯨在唱歌》、林滿秋《星空下的奇幻旅程：蜥蜴女孩&羊駝男孩》、邱承宗《地面地下：四季昆蟲微觀圖記》。優良出版品推薦，雜誌類兒童及少年類：《幼獅少年》、《康軒學習雜誌學前版》、《小典藏 artcokids 兒童藝術與人文雜誌》。圖書類：劉清彥著、鍾易真圖《小番茄的滋味》、劉伯樂《台灣山林野趣》、周見信《小松鼠與老榕樹》、陳郁如《仙靈傳奇1：詩魂》、幼獅文化事業股份有限公司《漫畫與文學的火花》。

●十三至八月十三日，國家圖書館推出「動物的世界——林良先生手稿插畫展」，展出四十八件與動物相關的手稿和插畫。

●十四日，國家圖書館地下一樓由全球最大童書出版社 SCHOLASTIC，開設全球第二間 The SCHOLASTIC 書店（第一間 SCHOLASTIC 書店位於美國紐約市），這是該童書出版社首次嘗試在圖書館內開設書店。

●二十三至七月十六日，「我的童書大冒險：親子天下動手玩故事展」於 Citylink 松山店三樓展演廳舉行。共邀請十二位童書創作者參與，將故事產製工廠立體化。展覽有賴馬、陳致元、唐唐、王淑芬、王文華、哲也、童嘉、崔永嬿、黃郁欽、陶樂蒂、林小杯、水腦等十二位風格各不相同的創作者。現場除了展出作家手稿與作品，更結合數位互動科技，將童書創作的歷程立體化、遊戲化，告訴孩子們童書從創作到分享的樂趣。

●哲也著、水腦圖，《小熊兄妹的點子屋2：不能說的三句話》由親子天下出版。

●施養慧著、余麗婷等圖，《不出聲的悄悄話》由國語日報出版。

●孫成傑著、熊育賢圖，《動物溫泉》由小康軒出版。

●賴曉珍著、尤淑瑜圖，《好品格童話1：壞脾氣的星星》由小天下出版。

●賴曉珍著、吳欣芷圖，《好品格童話2：孔雀先生的祕密》由小天下出版。

七月

● 一至二十三日，圖畫書俱樂部成立第二十一年的手製繪本展，在花栗鼠繪本館展出。

● 一至三十一日，新竹周逸芬編輯驛站展出「葉安德的寓言世界」，有葉安德的圖畫書《左右》、《三隻熊》、《小綿羊奧利佛》、《誰偷了便當》、《我和我的腳踏車》、《山上的水》、《彈琴給你聽》等。

● 四至六日，國立台東大學兒童文學研究所舉辦「夏日學校」，課程有黃雅淳「中國傳統鬼故事重寫與改寫」、游珮芸「解讀宮崎駿的動畫密碼」、葛容均「幻想文學的另張面孔」等八堂課。

● 七至八日，國立台東大學兒童文學研究所舉辦兩岸兒少小說作家李潼與曹文軒研究論壇，並有六篇論文發表。七日「李潼研究論壇」主持人為東海大學中國文學系教授許建崑，與談人為：兒童文學作家王洛夫、李潼長子賴以誠、台東大學兒童文學研究所所長游珮芸，剖析李潼作品及其對台灣兒童文學發展的影響與意義。八日，「曹文軒研究論壇」主持人為台東大學兒童文學研究所副教授黃雅淳，與談人為：華梵大學傳播學程兼任助理教授周惠玲、虎尾科技大學通識教育中心兼任講師謝鴻文、台東大學兒童文學研究所博士生孫莉莉，分別從教學、出版、翻譯等角度看港台兒少小說發展現況。論文發表有：許芳慈〈青少兒小說的混血新型態：以修煉系列為例〉、翁小珉〈理失求諸野：解讀作為一則文化寓言的小說《少年噶瑪蘭》〉、盧燕萍〈傾斜的華文兒少小說觀——以當代武俠小說為例〉、蔡宜容〈兒童／文學，分手快樂？——從《杜子春》、《我的媽媽是精靈》看「兒童本位論」的挑戰與限制」〉、蕭智帆〈建構台灣的外延想像：連明偉《番茄街游擊戰》的兒少視角與跨國書寫〉、邱惠璇〈試論《長跑少年》與《打發時間圖書館》的死亡書寫與自我療救〉、潘金英〈華文兒少小說在香港的教學與推廣運用〉、王睿〈躁動的島嶼：出版傳播視域下的華語兒童文學〉、潘明珠〈華文少年小說翻譯及文化傳遞之推力與拉力〉。

●七至九月二十九日，「潼心未泯——李潼手稿及創作展」於台東大學圖書資訊館四樓展出。

●十七日，一〇六年教育部文藝創作獎得獎名單公告，教師組童話項共六名：優選許姿閔〈便利之門〉、蕭維欣〈完美機器人〉，佳作蔡鳳秋〈瀚貝克的冒險〉、陳昇群〈算盤法拉利〉、李治娟〈三隻大野狼的真實故事〉、張耀仁〈消失的歡樂〉。

●二十一日，「我們為什麼愛上童話——從〈小紅帽〉到〈美女與野獸〉，探索《童話的魅力》」於誠品敦南店視聽室舉行，由劉鳳芯、譯者王翎主講。《童話的魅力》在一九七〇年代出版，作者奧地利裔美國兒童心理學家貝特罕，從精神分析角度，解讀童話蘊含著複雜的情感和象徵意義。

●二十五至十月十五日，《小房子裡的阿迪和朱莉》陳致元原畫及主題書展，於高雄市立圖書館國際繪本中心展出。七月三十日，《與陳致元的繪本相遇》講座由蒲公英故事閱讀推廣協會總幹事王怡鳳與陳致元擔任講師。

●二十九至八月一日，由宜蘭縣政府文化局主辦、小魯文化承辦「蘭陽繪本創作營」四天三夜培訓課程。邀請繪本作家暨絹印藝術家葛瑞格・皮佐利，談論個人創作契機與歷程，介紹以「絹印」及手工書製作繪本的特殊技巧。以及獲得文化部藝術新秀補助陳瑞秋分享進行異國文化繪本素材的觀察與蒐集，與跨國出版合作的創作經驗。

●七月出刊《文訊》第三八一期，專題「月光光照詩華」。

●林哲璋著、BO2圖，《屁屁超人外傳：直升機神犬2校長的「毛」病》由親子天下出版。

●林哲璋著、BO2圖，《不偷懶小學4：忍不住大師》由小天下出版。

八月

●五至九月十日，由國立台灣圖書館、日本安曇野知弘美術館、台東大學主辦，於雙和藝廊展出「圖像敘事的藝術：日本繪本演進史」特展。以日本安曇野知弘美術館之館藏為主，展出早期繪卷、袖珍繪本、繪本雜誌，以及長新太、荒井良二、赤羽末吉、西村繁男、阿部弘士等繪本插畫。

●五日，小步Biblio繪本館講座「台灣原創繪本發展史系列」由陳玉金主講，「埋下繪本的種子：肩負使命的政府出版品」，其餘為八月十二日「百花齊放的年代：民間出版的多元風貌」、九月九日「培育新生代的幕後推手：兒童文學經典獎項」、九月十六日「想畫就畫就能畫：樂在創作的新生力量」。

●八日，第二十五屆「九歌現代少兒文學獎」舉行贈獎典禮，首獎得主李明珊《飛鞋》、評審獎得主薩芙（范芸萍）《巴洛・瓦旦》兩本書現場同步發表。推薦獎得主董少尹《網球少年》，榮譽獎：李光福《舞街少年》、劉美瑤《撒野的憤怒馬桶》。

●由中華民國兒童文學學會主辦「兒童文學創作苗圃」為培育兒童文學創作人才，自八月至十一月，共以兩項各四堂課程：「讓孩子從經典故事抓寶」、「深入認識插畫與繪本」，分別由李明足與陳玉金擔任講師。

●十二至十一月五日，位在桃園市平鎮區的小兔子書坊主辦「二〇一七年台灣原創繪本系列講座」：八月十二日，高雄蒲公英閱讀推廣協會王怡鳳「原創繪本的多元樣貌」、八月十三日，童嘉「童嘉的想像世界」、八月三十日，張又然「新書分享會：藍色小洋裝」、九月二日，陶樂蒂「新書分享會：我要勇敢」、九月十六日，吳在瑛「繪本文字創作的密碼：阿嬤的碗公」、十月二十一日，巴巴文化貓小小「台灣原創出版社的大小事」、十月二十二日，凱風卡瑪陳培瑜「台灣童書市場的金三角——讀者，書店與出版社」、十一月五日，陳玉金「台灣圖畫書的歷史與趨勢」等。

●十八至九月三日，舊香居所屬的藝空間展出「童話的藝術：二十世紀初英文繪本插圖展」。

●十九日，中華民國兒童文學學會舉辦「資深兒童文學作（畫）家：桂文亞、馮輝岳、趙國宗、曹俊彥作品研討會」，專題演講：兒童文學學者洪文瓊主講「管窺趙國宗、曹俊彥兩位大家的童書插畫」、靜宜大學通識教育中心兼任助理教授邱各容主講「從史料觀點看桂文亞和馮輝岳在台灣兒童文學的歷史定位」。論文發表：陳玉金〈趙國宗圖畫書插畫研究〉、陳宜政〈詩畫、畫詩——論曹俊彥、楊喚童詩畫〉、劉隸陵〈桂文亞兒童散文類型探討——以《思想貓》、《班長下台》、《感覺的盒子》為例〉、盧燕萍〈「橫崗背」上的童年版圖——談馮輝岳作品的文化景深〉。綜合座談：邱各容〈馮輝岳的詩歌世界〉、李明足〈她，以散文筆調說故事〉、王金選〈充滿「純真．童趣．歡樂．詩情」的藝術花園——趙國宗老師繪畫作品賞析〉、曹益欣〈圖畫作家的練武場——從曹俊彥的「嘟嘟嘟」漫畫說起〉。

● 文化部辦理「第三十九次中小學生優良課外讀物推介評選活動」，共計二二〇家出版社報名參加，三千多種書籍和雜誌，選出六七六種書單，包含童話《大熊醫生粉絲團》等供學校與家長選書參考。

● 謝鴻文著、徐建國圖，《不一樣的維他命》由幼獅文化出版。

● 賴曉珍著、右耳圖，《好品格童話3：偷影子的小精靈》由小天下出版。

● 賴曉珍著、楊宛靜圖，《好品格童話4：狐狸奶奶的魔法餅乾》由小天下出版。

九月

● 一日，第七屆新北市文學獎得獎名單公布，兒童文學組童話故事類得獎者：第一名王昭偉〈只，要幸福〉，第二名孫慕恩〈不想要刺的刺蝟〉，第三名張英珉〈海洋翻譯機〉，佳作：汪丞翎〈血桐小葉〉、劉玉玲〈嘩啦村奇遇記〉、大李歐〈女孩的泰迪熊〉。

●五日，二〇一七年上半年度，第七十二梯次「好書大家讀」優良少年兒童讀物評選活動結果揭曉，共計選出單冊圖書一九四冊、套書三套二十二冊。王淑芬主編《九歌一〇五年童話選》獲得入選。

●第六屆台中文學獎公布，童話類：第一名卓奕伶〈達爾文蒼蠅〉，第二名甘草〈不凋花〉，第三名陳佩萱〈宅神地基主的願望〉，佳作：陳維鸚〈尋找故事國的布布〉、蛋然處之〈波波與小黑的大冒險〉、雨言〈聆聽花開的聲音〉。

●由鄒駿昇繪圖，與 Big Picture Press 合作的《最高的山．最深的海：世界自然奇觀》由小魯文化出版中文版。

●留德畫家張蓓瑜以德文完成首部童書繪本創作《班雅明先生的神祕行李箱》，獲得二〇一七年美國 3×3 國際插畫大獎（繪本項目）銀牌、布拉迪斯國際插畫雙年展入選，以及「德國最美麗的書」獎入選，中文版由三民書局出版。

●《新一代兒童週報》於九月創刊。

●林世仁著、森本美術文化圖，《妖怪小學3：相反咒語》由親子天下出版。

●蕭逸清著、陳佳蕙圖，《神探噴射雞3：腳書大魔法》由小天下出版。

十月

- 七日，海峽兩岸兒童文學研究會於台北「九十三巷人文空間」為林良舉行九十四歲生日宴會。
- 十四日，中華民國兒童文學學會在台北市陸軍聯誼廳舉行兒文忘年薪傳宴。出席的前輩有：林良、藍祥雲、趙國宗、鄭雪玫、劉興欽、曹俊彥、洪文瓊、黃春明伉儷、林武憲、陳正治、洪中周、張湘君、黃郁文、林順源、趙天儀、陳木城、胡鍊輝、宋勤盛、邱各容等，以及中生代林世仁、王金選等兒童文學作家。
- 十五日，林鍾隆兒童文學推廣工作室和位在楊梅的方圓書房舉行講座，為紀念逝世九周年的兒童文學作家林鍾隆，由謝鴻文導讀林鍾隆的《山中的悄悄話》。
- 十八至十一月十七日，「圖像敘事的藝術：日本繪本演進史特展」台東場在國立台東大學圖書資訊館展出。專題演講與座談，十一月十日由兒童讀物收藏家蘇懿禎主講「古早古早的日本囡仔都在看什麼書：大正昭和時期的繪本雜誌」，十一月十七日由日本安曇野知弘美術館副館長竹迫祐子主講「安曇野知弘美術館物語」、日本安曇野知弘美術館策展人松方路子主講「如何企劃一個有魅力的繪本原畫展」。
- 二十至十一月八日，小步 Biblio 繪本館展出「恐嚇兒童兩百年：我們是怎麼被嚇大的」童書展，包含德國經典童書《披頭散髮的彼得》以及《馬克思與莫里斯》等。

● 二十八日起，改編自陳致元的繪本《GujiGuji》，也是二〇一五年國際童書大獎「小飛俠獎」的得獎作品，在信誼基金會、文化部、紐約台北文化中心等機構的支持贊助下，由瑞典大道劇團兒童音樂劇在紐約、華盛頓連續演出五場。

● 二〇一七年桃園鍾肇政文學獎邁入第三年，兒童文學類：正獎／陳正恩〈汗水 50cc 的故事〉、副獎／王怡祺〈海邊琴師〉、周俊男〈唬姑婆的故事〉。

● 花格子著、李若昕圖，《火蟻 5497》由台灣東方出版。

● 岑澎維著、BO2 圖，《小壁虎頑皮1：天外飛來的小壁虎》由親子天下出版。

● 岑澎維著、BO2 圖，《小壁虎頑皮2：翻天覆地的小壁虎》由親子天下出版。

● 傅林統著、劉彤渲圖，《變！變！變！動物國》由九歌出版。

十一月

● 四日，國家文藝獎得主、作家鄭清文於中午過世，享壽八十五歲。鄭清文曾為兒童寫作《燕心果》、《天燈．母親》、《採桃記》等童話。

● 十一日，桃園市土地公文化館舉行「聽。說土地公系列五：文化館民俗故事閱讀講座」，由林鍾隆兒童文學推廣工作室成員林惠珍談：從兒童文學作品中導讀探索民俗文化。

●十五至十二月六日，桃園市政府家庭教育中心舉行一〇六年度「繪本與閱讀研習」，十一月十五日由吳俊輝主講「有效的親子共讀技巧」、十一月十二日由謝鴻文主講「兒童文學作品閱讀看見的三個價值：愛、尊重與平等」、十一月二十九日由林培齡主講「繪本中的生命功課—賞析、活動、心體驗」、十二月六日由黃淑芬主講「同樂『繪』、繪很『樂』、繪有『趣』」。

●二十六日，國立台灣文學館齊東詩舍閱讀沙龍活動，由繪本評論家賴嘉綾主持，活動與談人有來自德國的歐雅碧（Lucia Obi）女士，介紹一九四九年創建，館藏超過六十萬冊、一〇三種語言的德國國際青少年圖書館，以及台灣第一位入選義大利波隆納國際插畫展非文學類及二〇一七年白烏鴉大獎得主邱承宗、台灣大學圖書資訊學系暨研究所教授陳書梅、雲林科技大學應用外語系教授黃惠玲、小魯文化執行長沙永玲等。

●二十六日，高雄灰灰基地美術館邀請日本繪本畫家伊勢英子分享創作，並欣賞其紀錄片「生命的形式」。「伊勢英子繪本原畫展」自十一日起，展至二〇一八年二月二日。

●一〇六年度國立台灣文學館「文學好書推廣專案」獲選書單公布，本期共計一七三件文學好書提出申請，經評審委員初審、複審、決選，共選出七十五件出版品，包含林哲璋的《寵物功夫學校》，將進行購書寄送到國內偏鄉學校、圖書館及弱勢團體等單位作為文學推廣之用。

●第十六屆「國語日報兒童文學牧笛獎」公布得獎者，共收到來自世界各地的一百四十一件作品，台灣九十五件，中國三十九件。獲獎前三名都由中國作家包辦，首獎得主為于景俠的〈機器人保母丁吉〉及第二名王林柏的〈搬運師〉，兩人是夫妻檔。第三名是由程景春的〈八斤寶〉獲得。佳作三名則全是台灣作家作品，分別是黃馨慧〈火車上的美麗〉、陳秋玉〈海邊的提琴手〉、李明珊〈小粉絲 6-12 號〉。

●賴曉珍著、鄭淑芬圖，《門神寶貝》由小天下出版。

●謝武彰著、趙國宗圖，《天空的衣服》由小魯文化出版。

十二月

●二日，由國家圖書館主辦的「一〇六台灣閱讀節」，在大安森林公園舉行，「閱讀趴趴走」，包含森林小旅行親子活動和「跟著大樹森呼吸」生態導覽，以及森林、草地讀書會、閱讀一〇一、親子創意閱讀空間競賽、閱讀幸福大遊行、森林故事村等。

●十六日，第十六屆「國語日報兒童文學牧笛獎」舉行頒獎典禮，並出版得獎作品集

《機器人保母》。

●十七日，台北「九十三巷人文空間」劉鳳芯講座「獎獎凱迪克：講講近年得獎圖畫書」。

●二〇一七 Openbook 最佳童書舉行第一屆評選活動，選出二〇一七年度內（十月前出版），最值得推薦給一般兒童（三到十二歲）及青少年（十三到十七歲）閱讀的好書。進入決選共五十三本（童書四十本、青少年圖書十三本）。獲選十本書單皆為繪本或知識類讀物，台灣原創有：幾米《同一個月亮》、張蓓瑜《班雅明先生的神祕行李箱》、張文亮著與顏寧儀圖《用心點亮世界：影響人類百年文明的視障者》。

●蘇善著、Miss Bowl 圖，《好野人》由也是文創公司出版。

九歌童話選 16

九歌106年童話選之星際呼嚕嚕湯

Collected Fairy Stories 2017

主編　亞平、徐弘軒、陳品禎、蔡銘恩
插畫　李月玲、劉彤渲
執行編輯　鍾欣純
創辦人　蔡文甫
發行人　蔡澤玉
出版發行　九歌出版社有限公司
台北市105八德路3段12巷57弄40號
電話／02-25776564・傳真／02-25789205
郵政劃撥／0112295-1
九歌文學網　www.chiuko.com.tw
印刷　晨捷印製股份有限公司
法律顧問　龍躍天律師・蕭雄淋律師・董安丹律師
初版　2018年3月
定價　260元

書號　0172016
ISBN　978-986-450-180-9
（缺頁、破損或裝訂錯誤，請寄回本公司更換）
本書榮獲 台北市文化局 Department of Cultural Affairs Taipei City Government 贊助

國家圖書館出版品預行編目資料

九歌106年童話選之星際忽嚕嚕湯 / 亞平主編 ; 李月玲, 劉彤渲圖. -- 初版. -- 台北市 : 九歌, 2018.03

面 ;　公分. -- (九歌童話選 ; 16)

ISBN 978-986-450-180-9(平裝)

859.6　　107002207